クラッシュ

六月の夕暮れ，バラードは雨上がりの道で車をスリップさせ，正面衝突を起こした結果，事故の相手を死に至らしめた。その事故の直後から，謎の男ヴォーンが彼の周囲に出没する。エリザベス・テイラーとエクスタシーの中で衝突死するという妄想に異様な執着を持つ男。バラードと妻キャサリンは，いつしか重金属と血と精液で構築されたヴォーンの悪夢装置に組み込まれてゆく。透徹した叙事的文体が描き出す，暴力とテクノロジーに調律された「現実」。鬼才クローネンバーグにより映画化された，現代の予言者バラードの最高傑作との誉《ほまれ》も高い問題作。

クラッシュ

J・G・バラード
柳下毅一郎訳

創元SF文庫

CRASH

by

J. G. Ballard

This book is published in Japan
by TOKYO SOGENSHA Co., Ltd.
Japanese paperback rights arranged with J. G. Ballard
c/o Margaret Hanbury Literary Agency, London
through Tuttle-Mori Agency Inc., Tokyo.

序文

二十世紀を支配する理性と悪夢の婚姻は、これまでになく曖昧模糊《あいまいもこ》とした世界を産みおとした。コミュニケーション・ランドスケープのかなたには、邪悪なテクノロジーの亡霊と金で買える夢が徘徊している。熱核兵器システムとソフト・ドリンクのCMが共存する、光あふれた領域は広告と疑似イベント、サイエンスとポルノグラフィーに支配されている。我々の日々の暮しの上には二十世紀の偉大なる双子のライトモティーフが君臨する——セックスとパラノイアである。高速情報モザイクに対するマクルーハンの熱狂ぶりにもかかわらず、我々はいまだに『文化への不満』におけるフロイトの深遠なるペシミズムを思い起こさざるをえない。我らの夢や欲望を支える窃視症的で自己嫌悪的、幼稚な基盤——そうした精神の病は、今世紀最悪の死者として結実した。愛情の死である。

感覚と感情の死亡は、極めてリアルで優しい快楽へと道を拓いた——つまり苦痛と損傷への興奮だ。あらゆる倒錯の闘牛技を試す殺菌した膿汁の培養床のような、完璧な闘技場たるセックス。自身の精神病理すらゲームとしてさぐる道徳的自由。そして限度を知らぬ概念化の力

――子供たちが恐れるべきは、明日のハイウェイを走る車ではなく、もっともエレガントな死の媒介変数を計算して楽しむ我々の方なのである。

この薄暗い楽園に生きる不安な快楽を記録するのは、これまでにも増して、サイエンス・フィクションの重要な役割となった。わたしは堅く信じているが、サイエンス・フィクションは文学における取るに足らぬ細い側枝などではなく、二十世紀の中心となる文学的伝統を代表して、間違いなくその最古のものである。すなわちサイエンスとテクノロジーに対する想像力の反応という、H・G・ウェルズ、オルダス・ハックスリイ、現代アメリカのサイエンス・フィクション作家を通ってウィリアム・バロウズら今日の革新者までを途切れぬ線でつなぐ伝統である。

「無限の可能性」という概念は二十世紀の中心的な〝事実〟である。この、サイエンスとテクノロジーによる断定の中に包み込まれているのが過去のモラトリアムであり――過去を現在と切り離し、しまいには殺しさえもする――現在に与えられた無限の選択肢なのである。ライト兄弟の初飛行と避妊用ピルの発明とをつなぐのは、緊急脱出用射出座席の性的・社会的な哲学なのだ。

この果てしない可能性の大陸と向かい合い、その題材と取り組むのにもっとも適した小説がサイエンス・フィクションである。他のフィクション形式には、未来はもとより、現在と取り組むのに必要なアイデアとイメージのボキャブラリーすらない。現代主流文学の支配的特徴は、個人の孤独感、それにまつわる内省と疎外――つねに掛け値なしの二十世紀意識と推定される精神状態である。

そんなはずがない。それとは正反対で、これは間違いなく十九世紀に属する心理のように思われる。ブルジョワ社会の強大な抑圧、財政的・性的な権威によって守られたヴィクトリア朝期の一枚岩的特性、家父長制の暴虐に対する反応であるように。あからさまな回顧的傾向と、経験の主観性についての強迫観念を別にすれば、十九世紀心理の真の関心事は罪と疎外の合理化である。その要素は内省、ペシミズム、洗練であった。だが、二十世紀にふさわしいものがあるとすれば、それはオプティミズムであり、大量販売の記号学、精神のあらゆる可能性を無邪気に罪悪感なく楽しむことである。

サイエンス・フィクションにおいて表現されている想像力は決して新しいものではない。ホメロス、シェイクスピア、ミルトンは、いずれもこの世界を論じるために、もうひとつの新しい世界を創造してみせた。サイエンス・フィクションを独立したジャンルに閉じ込めて蔑むのはごく最近の流行なのだ。これは近年になって、演劇的、哲学的な詩文が消滅したこと、伝統的小説が瑣末な人間関係に閉じこもり排他的になるにつれ、ゆっくりと衰退してきたことに関係している。伝統的小説に拒否された領域には、何より、人間社会における動力学（伝統的小説は社会を静的なものとして描く傾向がある）及び宇宙における人間の位置がある。粗雑で、うぶではあれ、少なくともサイエンス・フィクションは、我々の生活と意識の内にあるもっとも重要なできごとに、哲学的、形而上的な枠をはめようと試みてきた。

わたしがサイエンス・フィクションを過剰に弁護しているように見えるとすれば、それは当然、二十年近くになる作家としてのキャリアを通じ、一貫してこのジャンルに関わってきたからである。そもそものはじめ、サイエンス・フィクションに目を向けたときから、わたしは現在への鍵となるのは過去よりも未来なのだと確信していた。とはいえ、今なお、サイエンス・フィクションの二大テーマ――外宇宙と遠未来――への強迫には満足できない。わたしは自分が探検したいと思った新しい領域を、象徴的な目的からだけでなく、純理論的な、また予定的目的から内宇宙と名づけた。この心理学領域においては（例えばシュルレアリスム絵画に示されるように）精神の内部世界と現実の外部世界とが出会い、融け合うのだ。

まず第一に、わたしは現在についてのフィクションを書きたかった。五〇年代末、かたわらに置いたラジオから、スプートニクのコール・サインが新しい宇宙への前進を示すビーコンとして聞こえてくる世界でそれを実現するためには、十九世紀の文学者とはまったく異なるテクニックが必要だったのである。実際、もし今すべての文学遺産を放棄して、過去の知識抜きで一から文学を始めることになれば、必然的にあらゆる作家がサイエンス・フィクションに極めて近いものを生み出すことになるはずだ。

科学と技術は我々の周囲で増殖しつづける。ついには我々が話し考える言語を支配するまでに。科学の言葉を使うか、でなければ黙ってしまうしかない。

ところが皮肉なことに、現代サイエンス・フィクションは、自分が予言し、生み出すのに手を貸した世界による最初の犠牲者となってしまった。四〇年代、五〇年代のサイエンス・フィクションが夢見た未来はすでに過去のものだ。当時の支配的イメージは、今では、月世界一番乗りや惑星間旅行はもとより、テクノロジーに支配された世界での変わりゆく社会的・政治的な関係についてすら、もはや打ち捨てられた舞台背景画の残骸にしか見えない。わたしにとって、このもっとも痛ましい実例は『二〇〇一年宇宙の旅』であり、これをもって現代サイエンス・フィクションの英雄時代は終わりを告げる――想像力が生み出した美しいパノラマ、衣装と巨大なセットは『風と共に去りぬ』を思わせ、科学のページェントが逆転した一種の歴史ロマンスとなり、同時代現実の鋭い光は差し込めない密封された世界を生み出してしまうのだ。

過去、現在、未来についての概念は日々改訂を強いられている。過去ひとつをとってみても、社会的・心理学的な面において、ヒロシマと核時代（定義によって無理矢理肯定的にとらえさせられている時代）の犠牲者となった。するとそれに対応する未来も消え、すべてを貪り食う現在に飲みこまれていく。未来もまた現在の中に組み入れられ、その多様なヴァリエーションのひとつにされてしまった。ますます選択肢が増えた結果、我々が生きるほとんど幼児的な社会ではライフスタイル、旅行、性的役割と性的アイデンティティ、その他どんな要求、どんな可能性でさえもたちどころに実現される。

加えて、ここ十年ほどで、虚構と現実のバランスは劇的に変わってしまったように思える。

その二つの役割は逆転しつつある。我々はあらゆる種類の虚構に支配された世界に住んでいる——大量販売、広告、その一分野に過ぎない政治、ただちに通俗的想像力に翻訳されるサイエンスとテクノロジー、消費財の中でますます曖昧に混ざり合ってゆくアイデンティティ、経験に対する自由な、想像力豊かな独自の反応を先取りして封じ込めるテレビのスクリーン。我々は巨大な小説の中に住んでいる。とりわけ作家にとっては、ますますもって、小説の中で虚構を作り出す必要はなくなりつつある。虚構はすでにあるのだ。作家の仕事は現実を作り出すことである。

かつては自分の外側の世界こそが、たといどんなに混乱し、不確実だったとしてもあくまでも現実なのであり、精神の内側にある世界は、その夢、希望、野心は幻想と想像の世界を代表しているのだと信じられてきた。だが、わたしには、こうした役割もまた逆転してしまったように思える。今や世界に向き合うもっとも賢明で効果的な方法は、世界を完全な虚構としてとらえることである——あべこべに、最後に残された現実の結接点は我々の頭の中にある。夢の潜在内容と顕在内容を区別したフロイトの古典的分析、見かけと実体との区別は、今こそ、現実と呼ばれている外部世界に当てはめてやらねばならない。

こうした変化を前にしたとき、作家の主たる仕事はなんだろうか？　今でもまだ、伝統的十九世紀小説のテクニックや構成を、直線的描写を、整然とした年代記述を、ありあまる時空間を堂々と支配する登場人物を利用できるのだろうか？　主題となるべきは過去に深く根をおろした人物やその性格なのか、のんびりとルーツを探ることなのか、社会行動と個人的関係のきわめて微妙なニュアンスを調べることだろうか？　作家は自己充足し自己完結した世界を創造し、来る質問すべてに答えを用意して、試験官のように登場人物を試す道徳的審判であってもいいのだろうか？　理解したくないことはすべて、自分自身の動機や偏見、精神病理までを含めて無視してしまっていいのだろうか？

わたし自身は、作家の役割、その寄って立つべき権威と免状は、ラジカルに変化してしまったと感じている。ある意味では、もはや作家は何もわかっていないのだ。道徳的基盤すらもない。作家は読者に自分の頭の中身を差し出し、選択肢と想像上の代替物を提供する。その役割は科学者がフィールドワークで、あるいは実験室において、まったく未知の分野やテーマに挑戦する際のそれと同じである。さまざまの仮説を作り出しては、事実に即して検証することしかできない。

『クラッシュ』はそうした本である。極端な状況における極端なメタファー、極端な危機の折にのみ利用される自暴自棄な手引書なのだ。わたしが正しく、過去数年間の仕事によって自分の現在が回復されているならば、『クラッシュ』は近、極近の未来を舞台にした、過去の災害小説――『沈んだ世界』『燃える世界』『結晶世界』――の流れにつらなる、現在の災害小説としての地位を占めるはずである。

もちろん、『クラッシュ』が扱っているのは想像上の災害ではなく、今現在差し迫った、あらゆる産業社会で制度化されている全地球的災害、毎年何十万人もの人を殺し、何百万人もの人を傷つけている災害である。自動車事故の中に、我々は、セックスとテクノロジーの悪夢じみた婚姻の不吉な予兆を読みとっているのではあるまいか？　現代テクノロジーは、誰も想像もしていなかった手段で、我々の精神病理の扉を叩いているのではなかろうか？　生来の倒錯にたづなをつけるのは我々にとって利あることなのだろうか？　理性が与えてくれるよりも力強い逸脱の論理はあるのだろうか？

『クラッシュ』全体を通して、わたしは自動車を単なる性的イメージではなく、今日の社会における人間生活全体のメタファーとして使用している。そうした小説には性的な内容とは離れて政治的意味もあるのだが、わたしとしてはやはり『クラッシュ』を世界最初のテクノロジーに基づくポルノグラフィーだと考えたい。ある意味で、ポルノ小説とはもっとも政治的な形のフィクション、人がお互い同士を一番てっとり早く、容赦なく利用し、搾取するやり方について扱う小説だと言うこともできるだろう。

言うまでもなかろうが、『クラッシュ』の究極の役割は警告にある。テクノロジカル・ランドスケープの辺境からますます強まりつつある声で呼びかける、この野蛮な、エロティックな、光輝く領域への警戒信号なのである。

クラッシュ

1

昨日、ヴォーンは最後の自動車事故で死んだ。知り合って以来、彼はあまたの衝突で自分の死をリハーサルしていたが、本当の事故はこれひとつだった。かの映画女優が乗るリムジンとの衝突針路に乗って、ヴォーンの車はロンドン・ヒースロー空港高架橋のガードレールを飛び越え、飛行機旅客を詰め込んだリムジンバスの屋根を突き破った。一時間遅れて着き、警官の列を押し分けて前に出てみると、押しつぶされたツアー旅行客の死体は太陽が流した血のように、ビニール・シート上に横たわっていた。映画女優エリザベス・テイラー、ヴォーンが長の年月そのために死ぬことを夢見ていた女は、運転手の手を握りしめ、まわりつづける救急車のライトを浴びてひとり立っていた。ヴォーンのかたわらにひざまずくと、彼女は手袋をした手を喉に当てた。

はたして映画女優は、ヴォーンの姿態から彼女のために創り出された死の公式を読み取っていただろうか？　死に先立つ数週間、ヴォーンはただ女優の死、紋章院総裁のようにおごそかにさずける傷の戴冠式のことしか考えなかった。シェパートン撮影所に近いアパートの壁は、毎朝ロンドンのホテルから出てくるテイラーを、高速西線をまたぐ橋から、スタジオのパーキング・タワーの最上階から、ズームレンズでとらえた写真に埋めつくされていた。膝と手の、内腿の肌の、口の左端のディテールを拡大しては、わたしはやましい思いを抱きながらオフィスのコピー機で複写して、分割払いの死刑執行令状のようにコピーの包みを渡した。ヴォーンのアパートで、女優の肉体を写したクローズアップと整形外科の教科書のグロテスクな傷写真とをつき比べている様子を見つめた。

かの女優との衝突の幻視の中で、ヴォーンはさまざまな負傷と衝撃に憑《つ》かれていた——スローモーションで際限なくくりかえされる多重衝突の中で二人の車が正面衝突するときの、へしゃげるエンジン隔壁と折れるクロームに。二人の身体にできるまったく同じかたちの傷跡に。死から生まれるアフロディーテのように顔が色ガラスを突き破るとき、その周囲にウィンドシールドが凍りつくイメージに。ハンドブレーキの銃座に砕かれる二人の太腿の複雑骨折に。そして何より性器の傷、屹立した車のエンブレムに貫かれる子宮と、エンジンの最終温度と燃料残量をとこしえに示すダイヤルの蛍光の上にほとばしる精液に。

そうやって最後の衝突のことを語るときだけ、ヴォーンは穏やかだった。長く逢っていない恋人のことを話すように、傷や衝突について優しいエロティシズムをこめて語った。アパートで写真をかきまわしながら、身を振り勃起している巨大なペニスを見せつけて、わたしの口を封じた。無雑作に放り出すかのようなセックスに魅《ひ》かれているかぎり、わたしは彼から離れられないとよくわかっていたのだ。

　十日前、わたしのアパートのガレージから車を盗むと、ヴォーンはコンクリート・ランプを駆け上がり、みにくい機械を射出機から飛び立たさせた。昨日、彼の身体は跨線橋《こせんきょう》の橋脚のそばで、警察のアーク灯を浴びて繊細な血のレース模様のヴェールをかぶり横たわっている。折れた脚と腕のポーズ、血まみれの顔の幾何学《きか》は、アパートの壁を飾る事故写真のパロディのようだった。充血してふくらんだ巨大な股間を見下ろし、別れを告げた。二十メートル先、回転灯に照らされて、映画女優はお抱え運転手の腕に身体をあずけていた。ヴォーンは女優のオーガズムの瞬間に死ぬことを夢見ていた。

　死に先立ち、ヴォーンはあまたの衝突に参加していた。わたしの記憶の中で、ヴォーンはいつも盗んでぶつけた車に座り、永遠に彼を愛撫しつづける変形した金属とプラスチックに包まれている。二ヵ月前、空港線の立体交差下で、ヴォーンは最初の死のリハーサルを試みた。側道に隠れていたヴォーンがぶつけた小型車から、通りがかりのタクシー運転手の手を借りてショック状態の二人のスチュワーデスを助け出した。道路を渡って駆けよるとき、オーシャン・ターミナルの駐車場から盗み出した白いコンバーチブルの割れたウィンドシールドの向こうにヴォーンの顔が見えた。疲れきった顔、血を流す唇には虹が砕け輝いていた。歪んだドアをフレームからはがした。ガラス片の飛び散るシートに座り、ヴォーンは満足気に自分のポーズだけを見ていた。てのひらを仰向け、両脇に伸ばした手で膝の傷からこぼれる血を受けている。

レザー・ジャケットの折り襟を汚す反吐《へど》をさぐり、計器を収めたビナクルに散ったザーメンの雫《しずく》にさわろうと手を伸ばした。車から引き出そうとしたが、睾丸《こうがん》から精液を最後の一滴までも絞り尽くそうとするかのように、ひき締まった尻は動こうとしなかった。隣のシートにはかの映画女優の、その朝オフィスで複写してやったばかりの破れた写真があった。唇とまぶた、肘と胸の谷間の拡大写真が壊れたモザイクをかたちづくる。

ヴォーンのセックスは自動車事故とついに婚姻を結んだのだ。ヴォーンが解体業者の車置き場で、脅える娘を連れて事故車の後部座席にもぐり込んだときのこと、窮屈な性行為の姿勢をとらえた写真を思い出す。ポラロイド・カメラのフラッシュに照らされて、ひきつった顔と張りつめた太腿はまるで驚いた潜水艦事故の生存者のように見えた。やる気満々の娼婦たち、ロンドン空港の終夜営業カフェやスーパーマーケットでひろった女たちこそが、ヴォーンの外科手術教本に登場する患者たちの近親者である。怪我を負った女性に対するわざとらしい礼儀からも、ヴォーンがガス壊疽《えそ》菌感染の、顔面負傷の、鼠径部損傷の女性に憑かれているのがわかった。

ヴォーンを通して、わたしは自動車事故の真の重要性を、ムチ打ち症と横転事故の意味を、正面衝突のエクスタシーを学んだ。二人でロンドン西三十キロの郊外にある道路交通研究所を訪れ、自動車が標的となるコンクリート・ブロックに衝突するのを見つめた。そのあとは彼の部屋へ行き、ヴォーンが撮った衝突実験のスローモーション映画を上映した。暗闇の中、床のクッションに座り、頭上、白い壁に点滅するサイレントの事故を見つめる。くりかえし自動車事故を見ているうち、最初は鎮まっていたものが徐々に昂《たかぶ》っていった。ハイウェイをひとり、黄色いナトリウム灯の下を飛ばし、あの衝突する車のハンドルを握っているところを夢見た。

それから数ヵ月、ヴォーンと二人、空港北側のハイウェイを流しつづけた。穏やかな夏の夜、高速車線は悪夢の衝突地帯に変わった。ヴォーンの受信機で警察無線を傍受し、事故から事故へ飛びまわった。しばしば、大きな衝突現場を照らすアーク灯の下に車をとめ、消防隊員や警察技師がアセチレン・ランプやら起重機やらを使い、気絶した妻を死んだ夫から切り離す作業を眺め、あるいは通りがかった医師が、転倒したトラックに釘づけにされた瀕死の男と格闘するさまを見つめた。ときにはヴォーンは他の野次馬に引き戻され、あるいは救急隊員にカメラを取りあげられそうになって争うこともあった。だが何よりも、ヴォーンはインターチェンジのコンクリート柱の脚元で、草陰に放置された事故車とコンクリートの静謐《せいひつ》な運動彫刻が作る陰鬱な交差点で、正面衝突を待ちつづけた。

女性ドライバーの事故に一番乗りしたことがある。空港の免税酒店のレジ打ちをする中年女は、押しつぶされたコンパートメント内で身じろぎし、宝石のようにフロントガラスのかけらで額を飾っていた。パトカーが近づき、頭上の高架線を回転灯が点滅しながらやってくると、ヴォーンはカメラとフラッシュを取りに戻った。わたしは自分のネクタイをゆるめ、必死に傷を探した。女は座席に横たわり、ただわたしの顔を見あげていた。白いブラウスに血がにじんでいった。ヴォーンは写真を撮り終わってから、車の中にひざまずき、両手で女の顔をそっと支えて、耳に何ごとかを囁いた。二人で救急車に運ぶ手伝いをした。

アパートに戻る途中、いつもは空港にいる娼婦が、ドライブインの前で客待ちをしているところに出くわした。映画館の席案内のアルバイトをしており、絶《た》えず耳の不自由な息子のことを気にしている。女は後部座席に座り、ヴォーンにわたしの運転が危なっかしい、と文句を言った。だが、彼の方は心ここにあらずでただ女を見つめ、手と膝のジェスチュアで話させようとしているかのようだった。人気《ひとけ》のないノートルトのパーキング・タワーの屋上で、わたしは柵にもたれて待った。ヴォーンはリアシートで娼婦に瀕死のレジ係と同じポーズをとらせていた。通過するヘッドライトの明滅に照らされ、ヴォーンのたくましい身体が女の上におおいかぶさり、さまざまな様式的体位を作った。

傷口がたたえる神秘のエロティシズムにまつわる強迫観念を、ヴォーンはわたしの前で開陳した。血まみれの計器パネルの倒錯の論理、糞まみれのシートベルト、脳味噌が縁《ふち》どるサンバイザー。ヴォーンにとって、すべての衝突車はおののく興奮の源泉であった。へこんだフェンダーの複雑なかたち、押しつぶされたラジエータ・グリルの予測もつかぬ変形、機械フェラチオの口径を測るかのように運転手の股間に押しつけられ、グロテスクにぶら下がった計器パネル。人間ひとりの秘めやかな時空間が、クロームのナイフと曇りガラスの網にとらわれ、永遠に化石化する。

レジ係の葬儀から一週間後の夜、空港の西側を車で流していたとき、ヴォーンはいきなり縁《えん》石《せき》に乗りあげて大型の雑種犬を轢《ひ》いた。クッション付きハンマーに打たれたようなにぶい衝撃を感じ、獣が屋根に跳ねあげられ、ガラスの雨が頭上から降り注いだとき、自分が今この瞬間に衝突死するのだと確信した。だがヴォーンは止まらなかった。アクセルを踏み込み、破裂したフロントガラスに傷のある顔を押しつけ、乱暴に頰から曇りガラスのビーズを払い落とした。このころヴォーンは突発的に暴力を炸裂させるようになり、わたしはもはや傍観する人質の立場にぬくぬくしてはいられなくなっていた。その翌朝、空港駐車場の屋上で車を乗り捨てると、ヴォーンは黙って深くくぼんだボンネットとルーフを指さした。旅行者たちを西の空に運ぶ定期旅客機を見あげる土気色の顔は、おねだりする子供のように歪んでいた。車体に刻まれた細長い三角形の溝は名もなき生き物の死からかたちづくられたもの、車の幾何学へと結晶した獣の失われたアイデンティティである。ならば我々自身の死は、そして著名人、権力者の死はどんなに神秘的なものになるのだろう？

だがこの最初の死も、やがてヴォーンが参加する死、そしてその心を占める想像上の死に比べればごく些細《ささい》なものでしかなかった。自分の狂気を発散すべく、ヴォーンは想像の自動車事故と狂気の傷跡からなる恐怖白書をあみ出した――ドア・ハンドルが突き破る初老の男の肺、ハンドル・シャフトに貫かれる若い女性の胸、三角窓のクローム掛金に刺されるハンサムな若者の頰。ヴォーンにとって、そうした傷は倒錯のテクノロジーが生み出した新しいセックスに通じる鍵だった。傷のイメージは、ヴォーンの精神のギャラリーに飾られる虐殺博物館の展示物だった。

今ヴォーンを——警察のアーク灯を浴びて自分が流した血に溺れている姿を思うとき、頭に浮かぶのは一緒に空港線を流しながら彼が描いた想像上の事故のことである。ブタン・ガスを積んだタンクローリーが外交官のリムジンに突っ込まれて折れ曲がるところを、お祝い帰りの子供を乗せたタクシー同士が、人のいないスーパーの明るいショーウィンドウの前で正面衝突するところをヴォーンは夢見た。生き別れの兄妹が、まったくの偶然から、石化プラントへの進入路で衝突針路に乗った瞬間を、金属のぶつかりあいが、アルミの圧縮室と点火室の下で花開く脳内出血が識閾下の近親相姦に光を当てるさまを夢見た。不倶戴天の敵同士の壮大な追突を、塗装が田舎町のけだるい昼下がりに煮えたち、路肩の溝で燃えあがるエンジン・オイルが憎悪と死を祝福する様子を考案した。脱走犯の特別な衝突、手淫中だった非番のホテルのフロント嬢が恋人の膝とハンドルのあいだにはさまれるさまを思い描いた。新婚カップルの衝突事故を、暴走するタンクローリーのリア・サスとの激突後も並んで座っている様子を考えた。あらゆる死の中でもっとも観念的な、自動車デザイナーたちの衝突を、多情な研究所の技術者が乗り込んだ車での負傷のことを思った。

ヴォーンは延々と衝突のバリエーションをあみ出していった。まずは正面衝突をくりかえす。幼児嗜好家と過労の医師とが最初は正面衝突して、続いて横転して死を再演する。引退した売春婦が高速道路のコンクリート隔壁に激突し、でっぷり太った身体は粉々のウィンドシールドから飛び出して、生理のあがった下腹がボンネットから立ちあがるクローム製エンブレムに引き裂かれる。日暮れのコンクリートのましろい土手に血が飛び散り、その光景は、黄色いビニール製経帷子《きょうかたびら》にバラバラ死体を包む警察技官の心から生涯消えることがない。あるいはまた、高速道路の給油所でバックしてきたトラックに押しつぶされるかもしれない。右靴をゆるめようと屈み込んだとき、近いドアの方へはねとばされ、身体の輪郭は血で描かれた鋳型となってドア・パネルに残る。あるいは高架橋のガードレールから放り出され死ぬところを夢見た。やがて迎えたヴォーン自身の死のように、リムジンバスの屋根を貫き、乗客たちのバラバラの目的地に近視の中年女の死が掛け合わされる。道路脇のトイレで用を足そうと車から降りた瞬間、スピード違反のタクシーにはねられる場面もあった。身体は三十メートルも宙を舞いながら、血と小便を撒き散らす。

　今、わたしたちが思い描いたその他の事故のことを、怪我人、不具者、狂人たちの馬鹿げた死のことを思う。精神病者の衝突事故を、激怒と自己憐憫がひきおこすありえざる事故を、疲れ切ったサラリーマンが集う夕方のフリーウェイでたくらまれた盗難車による邪悪な玉突き衝突のことを思う。性病クリニック帰りの神経衰弱の主婦が、郊外の大通りで駐車中の車にぶつけることを思う。興奮した分裂病患者が一方通行の道で停車中のランドリー・ヴァンに正面から衝突するさまを、鬱病患者が高速道路の進入路で無意味なUターンをしてぶつかる様子を、不運なパラノイアが袋小路と知りながらフル・スピードでブロック塀に突っ込んでゆくのを、サディストの看護婦たちが複雑な交差点の転倒事故で斬首されるのを、レズビアンのスーパー支配人が小型車のひしゃげたフレームにとらわれ、中年の消防隊員が冷静に見守る前で焼け死んでゆくのを、追突事故で押しつぶされた自閉症児の死によっても曇らされない瞳を、精神疾患患者で満たされたバスが路傍の工業用水路に落ち、静かに溺れてゆくさまを思う。

ヴォーンが死ぬずっと前から、わたしは自身の死について考えはじめていた。わたしは誰と一緒に、何の役を演じながら死ぬのだろう？　狂人か、神経衰弱か、それとも逃亡中の犯罪者だろうか？　ヴォーンは有名人の死を夢想し、想像の衝突事故を発明しつづけた。ジェイムズ・ディーンとアルベール・カミュ、ジェイン・マンスフィールドとジョン・ケネディの死のまわりにこまやかなファンタジーをあみ上げた。その想像力は映画女優、政治家、実業家、テレビ局の重役を並べた射的場のようだった。ヴォーンはカメラを手に彼らを追いつづけた。ズームレンズごしに、空港はオーシャン・ターミナルの送迎デッキから、ホテルの踊り場のバルコニーから、撮影所の駐車場から見つめては、それぞれにもっともふさわしい事故死のかたちを考え出した。オナシス夫妻はディーレイ・プラザの暗殺の再現で死ぬ。レーガンは多重追突事故に巻き込まれ、ヴォーンが抱く彼の性器への妄執を表現するような様式的な死を演じるが、その強迫観念こそ、ハイヤーのビニール製シートカバーから、かの映画女優の恥毛を丹念に拾い集めるのと同じものだった。

わたしの妻、キャサリンを殺そうとしたのを最後に、ヴォーンは自分の頭蓋骨に閉じこもってしまった。彼は今や、暴力とテクノロジーが支配する光あふれる領域で、無人の高速道路を、時速百六十キロで突っ走っていた。荒野のきざはしの見捨てられたガソリンスタンドを横目に、ただ一台の対向車を待ちながら。心の中で、ヴォーンは全世界が同時多発する自動車災害によって死んでゆくのを、エンジン冷却剤と射精する下腹部との最終的交合の中で、無数の車が同時に発車してゆくのを見つめていた。

ホテルの駐車場でおこした、最初の小さな衝突のことを思い出す。パトロール警官にわずらわされながら、わたしたちは手早くカーセックスをした。バックで駐車場から出ようとした拍子に、目立たないところにあった木にぶつけた。キャサリンはシートの上にもどした。液状のルビーのように血を散らした小さな反吐の水たまりは、キャサリンの分泌物すべてがそうであるように、ねばりついて慎ましく、今もなお自動車事故のエロティックな興奮の源となっている。妖精の女王の排泄物ほどに清められた直腸や肛門のぬめりよりも、コンタクトレンズのあぶくのかたわらにできあがった極微の水球よりもはるかに興奮をそそるのだ。この魔法の水たまり、妻の喉から、かなたの魔法の洞窟から珍しくも漏れ出した流体に自分の姿が映って見えた。血と精液と反吐の鏡、それをしたたらせた口は、一瞬前までわたしのペニスをくわえていたのだ。

ヴォーンが死んだ今、わたしたちもまた彼のまわりに集まった人々に別れを告げる。隠されていた自分たちの精神と生の公式を明らかにしてくれるものを求めて、傷を負った不具者の歪んだ姿態に引き寄せられてくる人々と。わたしたちヴォーンを知るものはみな、自動車事故の倒錯したエロティシズムを、外科手術で切開して臓器を摘出するときのような痛みを感じつつも受け入れていた。夜には交わりながら暗いフリーウェイを走るカップルを見つめた。男も女もオーガズムの瞬間にあって、車は閃く対向車のヘッドライトの流れに引かれて誘導進路を加速してゆく。若い男は廃車置き場から拾ってきたスクラップ同然の、ひとりではじめて乗る車のハンドルを握り、ボロタイヤを転がして無意味な目標に向かって走りながらオナニーする。交差点であわや衝突という瞬間、精液が割れた速度計のダイヤルにほとばしる。やがて乾いた精液の名残を撫でるのは、はじめて男の膝の上に身をかがめる女の髪。ペニスを唇で包み、片手をハンドルにかけて、暗闇を突き破って車を立体交差へと導く。ブレーキの軋りにザーメンを絞り出されながらも、少年はカラーテレビを積み込んだセミトレーラーの尾板をにらみつけ、左手は女のクリトリスを撫でさすってオーガズムへと導き、ルーム・ミラーにはトラックのヘッドライトが警告するように閃く。さらにまたそのあと、少年の友人が十代の少女をリアシートに連れ込む。油にまみれた機械工の手が、娘の尻をむき出し、走り過ぎる広告板に見せつける。濡れたハイウェイが閃くと、ヘッドライトが光りブレーキは金切り声をあげる。太いペニスは少女の体の上で輝き、すり切れたビニール・ルーフに体がぶつかり、黄色い敷布に恥垢が染みる。

最後の救急車が去った。その一時間前に、映画女優はリムジンに押し込まれて消えた。夕暮れの光を浴びる高架の下、衝突廻廊の白いコンクリートは、金属化した空に飛び立つ神秘の機械のための秘密の滑走路のようだった。ヴォーンの透明な飛行機は、三々五々車に戻ってゆく退屈した野次馬の頭上、同じく退屈しながら、航空客のひしゃげた鞄やハンドバッグを拾い集めていた警察官の頭上どこかを舞っていた。わたしはヴォーンの身体を思った。今はさらに冷えて、直腸体温は他の事故の犠牲者たちと同じ下向きカーブを描いて下がってゆくだろう。夜の空気に包まれ、街じゅうの事務所ビルやアパートから流れる紙テープと、ホテルのスイートルームにいる映画女優の温かい粘膜から流れ落ちるぬめりと、同じ曲線を描き出すのだ。

空港まで車で戻った。ウェスタン・アヴェニュー沿いの街灯は加速する車を照らし出し、あまたの傷口を祝福していざなうのだった。

2

ヴォーンと出会ってはじめて、わたしは自動車事故の真の興奮を理解するようになった。荒々しく不気味な不良科学者が、くりかえした事故で傷だらけの足を片方引きずりながら、わたしの人生に踏みいってきたときは、その強迫観念はすでにどう見ても狂人の域に達していた。

雨上がりの六月の夕暮れ、シェパートンの映画スタジオから帰る途中、ウェスタン・アヴェニュー跨線橋へ入る手前で車がスリップした。次の瞬間、わたしは時速百キロで対向車線に飛び込んでいった。中央分離帯にぶつかって前タイヤがパンクし、リムからはずれ飛ぶ。コントロールを失って、車は分離帯を乗り越え高速の出口ランプに飛び出した。近づいてくる三台の車、セダンの大衆車のことは今でもはっきりと、色も、何年モデルかも、ついていたアクセサリーも、すべてが決して醒めない悪夢の、痛いほどの正確さで甦ってくる。最初の二台はなんとか、ブレーキをくりかえし踏んで、かろうじてあいだをすり抜けたが、三台目の、若い女医とその夫が乗っていた車と正面衝突した。米資本の食品会社で化学技術者として働いていた夫は即死だった。サーカスの大砲から射ち出され、マットレスのようにウィンドシールドを突き破ってわたしの車のボンネットまで飛んできて、ひびの入ったガラスから、血をわたしの顔と胸にふりまいた。シートを切り開いてわたしを救出した消防士が、ひどい出血だから助かるまい、と考えたほどだった。

わたしはほとんど怪我を負わなかった。秘書のレナタと別れた帰りだったが、不安定な情事にけりをつけたばかりだったので、抱き合うのは気まずかろうと、車に乗ってすぐにシートベルトを締め、そのままだったのだ。衝突のショックで前に投げ出されて、胸をはげしくハンドルにぶつけ、両膝を計器パネルで粉砕されはしたが、深刻な怪我らしきものは頭皮の神経切断だけだった。

ハンドル串刺しの運命からわたしを救ってくれた神秘の力は、化学者の若妻の命も同じく助けた。女は上顎にすり傷を負い、歯が何本かゆるんだだけだった。アシュフォード病院に着いた直後、わたしの心を占めていたのは、お互いの車で、ボンネットに乗った夫の死体をあいだにはさみ、顔と顔を向きあわせて閉じ込められている姿だった。ぽっかり穴のあいたウィンドシールドごしに、二人ともぴくりとも動けず、ただ見つめ合っていた。目のすぐ数センチ前、右側のワイパーの脇に、彼女の夫のてのひらが貼りついていた。座席から放り出された拍子に固いものにぶつかったらしく、目の前で印章模様が、流れる血の作った巨大な血瘤《けつりゅう》となって姿をあらわす――ラジエータのホラガイ型エンブレムだった。

たすきにかけたシートベルトに支えられ、その妻はハンドルの前に座り、なぜ出会ったのか分からないとでも言いたげに、奇妙にかしこまった顔でこちらを見ていた。広く知的な額がめだつ女の整った顔は、初期ルネッサンスの聖母像のようにうつろで無反応だった。下腹から飛び出す奇跡、あるいは悪夢を拒もうとするかのように。ただ一度、はじめてこちらをはっきりと見た瞬間、曖昧な感情が顔を走り、神経がひきつったかのように、妙なしかめ面《つら》を浮かべて顔の右半分が歪んだ。この顔と胸をおおう血が自分の夫のものだと気づいたのだろうか？

野次馬たちが二台の車を取り囲み、口をきかぬ顔が途方もなく真剣にわたしたちを見つめていた。この静止した一瞬間のあと、すべてが狂ったように動きはじめた。タイヤがさえずり、半ダースの車が路肩をはみ出して中央分離帯に乗りあげた。ウェスタン・アヴェニューはひどい渋滞になり、跨線橋で立ち往生した車のバンパーにヘッドライトを閃かせて、パトカーのサイレンがむせび泣いた。透明なビニールの合羽をはおった初老の男が、痩せこけた手をおそるおそる、まるで車から電撃を食らわされるとでも思っているかのように伸ばし、後頭部にぶつかる助手席ドアを引っ張っていた。若い女がタータンの毛布を抱え、腰を曲げて窓から顔を突っ込んだ。目のわずか数センチ前で唇をひきむすんでわたしを見つめる女はまるで開いた棺桶に寝た屍体を見下ろす葬儀屋のようだった。

その時点では痛みはなく、右手でハンドル・シャフトをつかんでいた。シートベルトにくるまれた死体の妻はようやく正気づきつつあった。何人かが――トラックの運転手、軍服を着た非番の兵士、アイスクリーム売りの女――窓ごしに手を伸ばし、女の身体を触っていた。女は彼らを追い払い、ベルトをはずそうと、自由な片手でクロームのバックルをさぐった。一瞬、自分たちが、テクノロジーの劇場に集い、無慈悲なドラマのクライマックスをぶっつけ本番で演じる主役俳優なのだと感じた。このひしゃげた機械、衝突で殺された男、ヘッドライトをギラつかせて舞台袖で待つ何百人もの運転手たちが作りあげる舞台で。

若い女は車から救い出された。ひきずる足とぎくしゃくした首振りは、二台のつぶれた流線型ボディを擬態するようだった。車の長方形のボンネットは、ウィンドシールドの台座からねじりとられていた。疲れきった頭には、まわりのいたるところにボンネットとフェンダー間の鋭角が見えた——野次馬の表情とポーズ、跨線橋への上りランプ、はるかな空港の滑走路から飛び立つ旅客機の航跡。濃いダークブルーのアラブ系航空会社の制服を着た褐色の肌をしたパイロットが、若い女をそっと車体から引き出した。股間から勝手に小便が洩れ、道路を流れた。パイロットはあやすように女の肩を抱いた。自分の車のかたわらに立つ観客たちは、油染みたマカダム舗装の水たまりを見つめる。昏《くら》い夕陽の中、傷めたかかとに虹がかかる。女は振り向いてわたしを見下ろした。痣のできた顔に浮かんだ奇妙なしかめ面はたしかに興味と嫌悪が混ざったものだった。だがそのときのわたしにわかったのは、ただ太腿の尋常ならざる交差点が歪んだかたちでこちらをさし招いていることだけだった。そのポーズが性的だったわけではなく、二人を巻き込んだ恐ろしい事件の様式化、女の足のジェスチュアに儀式化した苦痛と暴力の極限にとらわれていたのだ。以前施設で見た演劇で精神障害児が踊った大袈裟なピルエットのように。

両手でハンドルを握りしめ、体の動きを止めようとした。痙攣に胸が揺すぶられ、息がつまりそうだった。肩を警官の力強い腕が押さえた。もうひとりが、上が平たい制帽をボンネットの死体の隣に置いて、ドアを外しはじめた。正面からの衝撃でコンパートメントが前半分押しつぶされ、ドアロックが故障していたのだ。

救急隊員が手を伸ばし、右腕から袖を切り取った。ダークスーツの若者が窓からわたしの手を引っぱり出した。皮下注射の針が腕に滑り込んだとき、育ちすぎの子供にしか見えないこの医師は、本当に免許を取れる年になっているのだろうか、などと考えた。

不自然な多幸症は病院に着くまで続いた。不快なファンタジーを夢うつつに見ながら、ハンドルに嘔吐した。消防士が二人がかりで蝶番《ちょうつがい》からドアを切り取った。道に放り出して、血まみれになった闘牛士の助手のように上からのぞき込む。ほんの小さな動きすら様式化され、伸びてくる手はジェスチュアの暗号を伝える。たとい今消防士が荒毛織りズボンのチャックをおろして性器をむき出し、血まみれの脇の下にペニスを押しつけてきたとしても、そんな奇怪な行為さえもが、暴力と救助の儀式の中では許されるだろう。わたしは誰かに救われるのを待ちつづけた。他人の血で身を装い、その妻の小便が救助者の足元に虹を描くあいだ。同じ悪夢の論理にしたがって、墜落した航空機の燃えあがる残骸に駆けよる消防士たちは、焼けつくコンクリートに炭酸ガススプレーで卑猥な、あるいはユーモラスなスローガンを書き殴り、死刑執行人は犠牲者にグロテスクな衣装を着せる。そのお返しに、犠牲者たちも死出の旅路を皮肉なジェスチュアで儀式化してみせる。うやうやしく執行人の銃床にくちづけし、想像にはためく旗を冒瀆《ぼうとく》するのだ。切開手術前の外科医はうっかり自分に傷をつけ、妻は夫がオーガズムに達した瞬間に夫の愛人の名を洩らし、客のペニスをしゃぶる売春婦は、悪意もなくカリに歯を立てて嚙む。以前どうしても勃起しないペニスに倦《う》んだ娼婦から加えられた痛みは、救急隊員とガソリンスタンド員の様式化され、それぞれにさまざまな暗号を秘めた動作に似ていた。

あとになって、ヴォーンが救急病棟の看護婦のしかめ面写真もコレクションしていると知った。浅黒い肌はヴォーンに呼び覚まされた倒錯の性をあますところなく伝えている。ゴム底で踏みしめる一歩一歩のあいだに、緊急手術室の入口ですれちがうときに揺れる太腿のかたちに合わせ、患者たちは一人また一人死んでゆくのだ。

警官たちに車からひきずり出され、堅い手で担架まで運ばれた。早くも現実の事故からの疎外を感じはじめていた。担架の上で起きあがろうとして、毛布から足を蹴り出した。若い医師がてのひらでわたしの胸をつき、押し戻した。男の目に浮かぶ怒りに驚いて、わたしはおとなしく横になった。

屍衣にくるまれた男の死体がボンネットから下ろされる。その妻は二台目の救急車の開いたドアの前に狂える聖母よろしく座り込み、走りゆく車をうつろな目でながめていた。右頰に傷がつき、組織が血をはらんで膨らむにつれ、徐々に女の顔を歪ませていった。すでにわたしは気づいていた。嚙み合った二台のラジエータ・グリルは、二人の、逃れようがない倒錯した結びつきのモデルとなっているのだ。彼女の太腿の輪郭を見つめた。その先では上に掛かった灰色の毛布が恵み深き小山を作る。その塚山の下どこかに恥部の秘宝が隠されている。その正確な突起と傾斜、この知的女性の未開拓なセックスが今宵の悲劇を司ったのだ。

3

パトカーのどぎつい青色灯が、それから三週間、ロンドン・ヒースロー空港にほど近い外科病院の無人の病棟に横たわるわたしの心の中でまわりつづけていた。中古車店、貯水池、少年院しかない静かな場所で、ロンドン空港の高速道路網にぐるりと囲まれて、わたしは事故から回復していった。二つの病棟をなす二十四のベッドは——最大生存者数期待値——航空事故の犠牲者用に空《あ》けてある。そのうちのひとつを、たまたま自動車事故の怪我人が使っていたわけだ。

体をおおっていた血が、すべて殺した男のものだったわけではない。緊急手術室でアジア人医師に検査され、両膝が計器パネルに粉砕されているのがわかった。長く延びる痛みは、太腿から鼠径部まで、まるで両足の静脈に細い鋼鉄のカテーテルを通したかのように走った。

最初の膝の手術から三日後、軽い院内感染に患《かか》った。無人の病棟で、航空事故の犠牲者のものであるはずのベッドに横たわり、熱に浮かされた頭であの男の傷と感じたはずの痛みのことを考えていた。自分のまわり、人のいないベッドは、幾百の事故と死別の記憶を、飛行機や自動車衝突の暴力を通じて傷口へと翻訳して留めている。二人の看護婦が病棟内を歩きまわって、ベッドを整え、ラジオのヘッドフォンを集めていた。愛想のよい娘たちは傷の聖殿につかえる巫女であり、花開こうとするセックスは無残な顔面の、性器の損傷を司るのだ。

足の副木《そえぎ》を直してもらうあいだ、わたしはロンドン空港から離陸する飛行機の音を聞いていた。複雑な拷問機械の形状は、どこかこの娘たちの身体の曲線や勾配に関係しているように思えてならなかった。このベッドの次の住人は誰だろう——バレアレス諸島へ飛ぶ中年の銀行窓口嬢だろうか？　女はジンにしこたま酔った頭で隣の退屈した男やもめを思って秘所を濡らしていたところ。ロンドン空港の滑走路での事故で女の腹にはシートベルトのバックルによるあざができる。近所のレストランでトイレに立つたび、弱った膀胱が傷んだ尿道に嚙みつき、前立腺炎の夫と交わすセックスのたびごとに、事故寸前の情景が頭に浮かぶ。想像上の不貞がとこしえに傷口に結晶するのだ。

毎夕見舞いに訪れるわたしの妻は、そもそも何の性的必要があって、ウェスタン・アヴェニューの高架橋くんだりまでわたしがでかけていたのかと考えていただろう。ベッドに腰かけて鋭いまなざしで夫の身体はどの程度使いものになるかを検分しているとき、間違いなく口に出さない問いの答えを足と胸の傷に見つけ出したはずだ。

看護婦たちはあたりを飛びまわり、面倒な些事を片づけてゆく。膝のカテーテルを取りかえられたときには、鎮静剤を吐き戻さないようにするので精一杯だった。薬は身体を休ませるには充分だが、痛みまでは抑えてくれない。元気を回復させてくれるのは看護婦の癇癪だけだった。

冷たい顔をした金髪の若い医師に胸の傷を診察された。胸骨の下端あたりの皮膚が、つぶれたエンジン・コンパートメントに押し出されたホーン・ボタンに傷つけられていた。半円形のあざが胸に残り、乳首から乳首へまだらな虹がかかっている。翌週には、カー・ワックスのスペクトルに似せて、虹は色合いを変えていった。自分の身体を見下ろして、エンジニアが見れば傷のパターンから車の型と製造年とが正確に読み取れるはずだと考えた。胸にあざとなったハンドルの輪郭と同様、計器パネルのレイアウトも膝と勁骨に刷り込まれていた。身体と車室との二次衝突が、セックスの数時間後に皮膚の感触を反芻する女体のように、傷跡に残されていたのだ。

四日目、特に理由もないのに、いきなり麻酔がとかれた。午前中いっぱい、看護婦が差し出す洗面器へもどしつづけた。女の瞳にはユーモアがたたえられていたが、同情はかけらも見えなかった。膿盆の縁が頬に冷たかった。表面の琺瑯《ほうろう》には名も知れぬ以前の使用者が残した、小さな凝血があった。

もどすあいだ、額が看護婦のたくましい太腿にくっついていた。あざだらけの口元を押さえるくたびれた指は、若々しい肌と好対照をなしている。いつのまにか、思いは股間の谷間にあそんでいた。看護婦がこの湿った峡谷を最後に洗ったのはいつのことだろう？　回復期間中、看護婦や医師と言葉を交わすたび、この手の疑問がわたしを悩ませた。風呂場で最後に性器を洗ったのはいつだろう？　扁桃腺をわずらった喉に抗生物質を処方しながら、実は肛門に糞便のかけらをぶらさげたままなのではないか？　情事の匂いが下着に残り、病院からの帰り道、手についた恥垢と愛液の残り香が、出会いがしらの自動車事故で噴き出す冷却液と契りを結ぶのでは？　温かい太腿のかたちを感じながら、緑色の胆汁を数滴絞り出した。ギンガムの制服の合わせは黒い木綿糸でかがってあった。丸く張りつめた左尻にあるほつれた縫い目を見つめた。尻の曲線は、我が胸と足の傷と同じように気まぐれで、意味深いものに思えた。

衝突によって心から解き放たれた強迫観念によって、わたしは周囲すべてに性的可能性を見いだした。病棟いっぱいにあふれた回復期の航空事故患者が、イメージの売春宿を心に抱くさまを夢見た。二台の車の衝突は、究極の、これまで想像すらされなかった性的合一のモデルだったのだ。いまだ到着せざる患者たちの傷跡がわたしをさし招いた。無限の夢想の百科事典へと。

キャサリンはとっくにこうした夢想に気づいていたようだ。見舞いに来はじめたころは、まだショック症状だったわたしが相手できなかったので、自然、彼女は病院の設計や雰囲気に通じ、医者とも軽い冗談を交わす間柄になっていた。看護婦が反吐を運んでいくと、キャサリンは慣れた手つきでベッドの下からテーブルを引き出し、かかえていた雑誌を置いた。隣に腰を下ろし、生き生きした目で、髭も剃っていない顔、震える手を見やった。

わたしは微笑みかけようとした。かぎ裂きになった頭の縫い目、もともとの生え際の二センチばかり左にできた第二の生え際のために、表情が変えにくかった。看護婦が支える鏡に映った顔は、まるで自分のいびつな身体に驚く軽業師のようだった。妻の手を取った。

「ごめんよ。きみの相手ができなくて」

「あなた、素敵よ。本当。マダム・タッソー臘人形館の犠牲者役みたいよ」

「また明日にしておくれ」

「ええ」傷をしげしげと見つめながら、額に手をふれた。「化粧道具を持ってきてあげる。このあたりだと、化粧してくれるところはアシュフォード墓地くらいでしょ」

もう一度、あらためて妻を見あげた。温かみと妻らしい心づかいは嬉しい驚きだった。シェパートンのテレビCM製作会社で働くわたしと、パンナム海外部門で前途洋々たる妻との気持ちは、ここ数年遠ざかるばかりだった。現在、キャサリンは飛行免許の教習を受けており、ボーイフレンドの一人はチャーター専門の旅客会社を持っている。そのすべてを彼女はひたむきに追い求め、将来価値があがる土地の探査をすすめるかのように、徐々に独立を達成し、自己を確立していった。わたしもまた他の夫たちのようにあきらめと共に受け入れることを覚えていった。週末ごとにアパート上空を舞う、小さいが間違いようない軽飛行機の騒音が、二人の関係の基調音となる警報であった。

金髪の医師が、キャサリンに会釈して病棟を歩いていった。彼女は振り向いてわたしに背を向け、素早く若者の性的能力を計算し、ストッキングをはいていない太腿をふくらんだ恥骨までむき出しにする。自分の夫を病院に見舞うよりも、航空会社の重役と短い昼食を共にするときのほうが、はるかに身繕いに気を配っている。あとになってキャサリンが空港で事故死の捜査を担当する警官たちから面倒な尋問を受けていたと知った。どうやら事故とほんのわずかな殺人の可能性とが、一種の名誉となって彼女にのしかかっていたらしい。

「このベッドは航空事故の患者用なんだ。患者を待ってるんだよ」

「今度の土曜日に地上偏向《グラウンドループ》したら、あなたの隣で目を覚ますことになるかもね」キャサリンは目を細め、人のいないベッドに空想の負傷者の姿を思い浮かべるようだった。「明日にはベッドから出られそうよ。医者が歩かせたがってるから」わたしに気づかわしげな目を向けた。

「かわいそうに。あなた、お医者様に嫌われてる？」

　わたしは聞き流したが、キャサリンは加えて言った。

「相手の奥さんはお医者さんだったの――ヘレン・レミントン先生」

　足を組み、不慣れなライターにてこずりながら煙草に火を点す。その醜い機械、どう見ても男物のそれを貸した、新しい恋人はどんな男なのだろう？　戦闘機の機銃弾の薬莢から作られた武器と呼んだほうがいいようなもの。何年ものあいだ、キャサリンの情事は、セックスしてから数時間とたたぬうちに、ただ、新しい精神的、肉体的なアクセサリーに注意するだけでそれと知れた――突然三流ワインや無名映画作家へ示す興味、飛行術における方針転換。恋人の名前すら、オーガズムの瞬間、わたしの名のかわりに漏らすよりずっと前に、とうに知っていることがあった。焦らし合いは二人のあいだに欠かせぬゲームだった。ベッドに並んで横たわり、純粋に色欲のみによる出会いのこと、航空会社のカクテル・パーティでのおしゃべりからセックスそのものまでを語り合う。ゲームのクライマックスは不義相手の名前だった。ぎりぎりの瞬間まで口に出さなければ、二人とも、いつも最高のオーガズムを迎えるのだ。セックス・ゲームの素材を得るためにキャサリンは情事をくりかえしているのだ、と信じていたこともあった。

空っぽの病棟をただよう煙草の煙を見ながら、この数日間を共に過ごした相手は誰なのだろうと考えた。間違いなく、夫の犯した殺人が、そのセックスに予想外の次元を加えたはずだ。我が家のベッドの上で、キャサリンに事故の第一報を伝えたクロームの電話機を見ながらの行為。新しいテクノロジーの要素がわたしたちの愛情を繋いでいた。

飛行機の騒音に苛立ち、片肘をついて身を起こした。胸の傷のため、呼吸するのも苦しかった。あきらかに今にも死ぬかと思ったようで、キャサリンは気づかわしげにこちらを見つめ、わたしの唇に煙草をはさんだ。おぼつかなくゼラニウム味の煙を吸い込む。ピンクの口紅がついた温かい吸いさしは、病院のフェノール臭にくるまれてすっかり忘れていたキャサリンの身体独特の味がした。キャサリンは煙草を取り戻そうとしたが、わたしは子供のように放さなかった。口紅の脂がついた吸いさしはキャサリンの乳首を思わせた。乳首に大胆に口紅を塗りたくって、顔、手、胸をこすりつけ、写った模様をひそかに傷になぞらえたい。一度悪夢の中で、悪魔の子供を産むキャサリンが、腐った乳房から下痢便を噴き出すのを見たことがある。

黒髪の看護学校生がやってきた。妻に微笑みかけると毛布をはがし、股間からしびんを引っぱり出した。内容量を確認して敷布を戻した。たちまちペニスから小便が流れ出した。長期間の麻酔のせいで、括約筋をコントロールするのは大変だった。弱った膀胱《ぼうこう》を抱え、いったいなぜ名も知らぬ男――キャサリンから答えを得たあとも依然謎のままの、まるで目的もない決闘で殺した名もなき敵のような男――の死を招いた悲劇的事故以来、会う女すべてがわたしのもっとも幼児的な部分にこだわるのだろう、などと考えた。膀胱の始末をして、浣腸器で腸を綺麗にし、パジャマの前からペニスを引き出し、膝にカテーテルを挿れ、頭の包帯から膿をとり、乾いた手で口のまわりを拭く看護婦たち――堅苦しい女たちのやることからは、幼児期に穴という穴をぬぐってくれた手が思い出されてならない。

実習生はベッドのまわりを、蠱惑的な太腿をギンガムの制服に隠して歩きまわる。目はキャサリンの豊満な肢体に釘づけだ。キャサリンが事故からこちら、ベッドに寝た夫の奇妙な姿態に興奮し、何人の愛人と関係したかを計算しているのだろうか、それとも――もっと即物的に――高価なスーツと宝石を目算しているのだろうか？　対照的に、キャサリンはぶしつけに娘の身体を見つめていた。太腿と尻、胸、脇の下のかたちを、わたしの足のハーネスのクローム棒、娘のスリムな体型を目立たせる抽象彫刻との関係を検討するまなざしはあからさまであり、真剣だった。キャサリンの心には一風変わったレズビアン志向が宿っていた。愛を交わすとき、ときおり自分がほかの女としているところを想像してくれと頼まれた——たいていは秘書のカレン、銀色の口紅をつけ、めったに笑わない女が相手だった。クリスマスのオフィス・パーティのあいだじゅう、番犬のように座り込んでじっと動かず、ひたすらキャサリンを見つめていた。キャサリンはたびたびわたしにカレンにどんな風に誘惑されるのがいいか、と訊ねた。すぐに自分から、デパートへ行って、下着を見るのにつきあわせれば良かろう、と言い出す。わたしは試着室の外、ナイトドレスの並ぶ中で待っている。時折カーテンの陰から覗き、女たちの指と身体が、キャサリンの乳房と、それを際立たせるブラジャーとが織りなす柔らかなテクノロジーに触れるさまを見つめる。カレンは指先でごく軽く特別の愛撫を加えた。下着が肩に残したピンクの溝をそっとなぞり、背中に移って、ブラジャーの金属ホックが肌につけた傷に触れ、そして最後に乳房の下をまわるゴム紐型の溝へ行く。妻は恍惚として立像と化し、カレンの右手の人差し指が乳首に触れる瞬間、聞き取れないほどの声で吐息をもらす。

うんざり顔のマヌカン、腐りかけた人形のような小さな顔をした中年女が、セックス・ショーの幕間を終えカーテンを引いて出てきたカレンとキャサリンに向ける表情を思う。女の顔に浮かぶあからさまな侮蔑が示すのは、当然わたしは二人が中で何をやっているか知っており、試着室の小部屋を使うのもはじめてではないが、さらにこれをあとで妻とのこみいった快楽の行為に利用するつもりなのだという洞察だ。車の中、妻の隣に乗り込み、操縦パネルに指を走らせて、イグニション・キーをひねり、ウィンカーを点け、ギアを入れる。自分が、カレンがキャサリンの身体に触っていたのをまねるように車を愛撫しているのに気づく。カレンの内にこもったエロティシズム、指先とキャサリンの乳首との微妙な距離が、わたしと車のあいだでくりかえされる。

　キャサリンが秘書に抱く性的関心は、肉体的快楽と同じくらい、愛を交わすという考え自体にも向けられているようだった。いずれにせよ、そのおかげでわたしたちの関係は、お互い同士のあいだでも、他人との関係についても、ますます抽象的になっていった。すぐに妻は、カレンとの複雑なレズ幻想なしではオーガズムに達しなくなった。クリトリスを舐められ、乳首がふくらみ、アヌスが愛撫される。そうした描写はいまだ対象を見いだせずにいる言語、おそらくはあらゆる肉体表現と離縁した新たなセックス言語の始まりでさえあるようだった。

　キャサリンは最低でも一度はカレンと愛を交わしていたはずだ。だが、わたしたちは、すでにそんなことは問題にならない地点にまで、あるいはわずか数平方センチのヴァギナの粘膜と指先、へこませる唇と乳首だけが意味を持つところにまで来ていた。ベッドに横たわり、キャサリンが看護学校生のスリムな足と太い尻を、ウエストと幅広のヒップをしぼり出す紺のベルトを測るのを見ていた。キャサリンが手を伸ばし、娘の乳房に触れるのをなかば期待していた。あるいはミニスカートの下に手を滑らせ、てのひらの先が秘所のはざまから粘つく蟻の門《と》渡りに至る。怒るなどもってのほか、快楽の声すらあげず、看護婦は性的なジェスチュアがごく日常的な挨拶であるかのように、心動かされずベッドメイクをつづけるだろう。

キャサリンはかばんから書類ばさみを取り出した。現在準備中のＴＶコマーシャルの企画書だった。大予算を投入したこのフォードの新型スポーツカーの三十秒ＣＭには有名女優を使うつもりだった。事故の日も、このために契約したフリーの映画監督、エイダ・ジェイムズとの打ち合わせだったのだ。たまたま、候補の一人であったエリザベス・テイラーが、シェパートン撮影所で新作映画の撮影に入るところだった。

「エイダから電話で、お大事にだって。もう一度企画書に目を通してくれる？　かなり変更があるけど」

わたしは書類を押し戻し、キャサリンの手鏡に映る自分の姿を見つめた。額で神経が切断されたため、右眉が幾分さがって、そのままで、わたしの新しい性格を自身から隠そうとするアイパッチとなっていた。傾きの角度は周囲いたるところから見いだせる。マネキンのように蒼白い顔を見つめ、セリフを読み取ろうとした。滑らかな肌は、まるでＳＦ映画に出てくる見知らぬ存在、未知の惑星の光輝く大地への果てしない内向き航海を終え、カプセルから踏み出した男のもののようだった。今しも空は二つに割れ……。

衝動的に、わたしはキャサリンに訊ねた。

「車はどこだ？」

「外——外来の駐車場だけど」

「え？」わたしは片肘をついて身を起こし、ベッドの背中にある窓から外を見ようとした。

「ぼ、く、の車だ。きみのじゃなくて」手術室の前に安全運転を訴えるために展示されている様子を思い描いた。

「まるっきりぐちゃぐちゃ。警察が、署の裏の事故車置き場に持っていったわ」

「ちゃんと見たのか？」

「警官に確認させられたんだもの。よく生きて出られたもんだ、と言ってた」煙草を握りつぶした。

「お気の毒にね、あの方――ハミルトン先生の旦那さんは」

早く帰らないかと思って、わたしはあてつけがましくドアの上にかかる時計を見やった。死者へのかたちだけのお悔やみ、道徳学校の初等クラスで習うような言い訳が苛立たしかった。若い看護婦の無愛想な態度も、同じく悔悟を表現するパントマイムだった。わたしはくりかえし死者のことを考え、その死が妻と家族にどんな影響を与えるのかを思い描いていた。生の最後の一瞬、ここちよいホームドラマの幕間から、金属化した死の六角手風琴へと打ち出される苦痛と暴力に満ちた狂乱の数ミリ秒のことを考えた。その感情は死者との関係の中に、胸と足の傷として現実の中に、この身体と車との忘れがたい衝突の中に存在している。だが、キャサリンの偽りの嘆きはただのポーズでしかない――わたしはひたすら待ち、彼女がハミングするのを、額をはたくのを、病棟じゅうの体温表を一枚おきにさわり、ラジオのヘッドフォンのスイッチを四台目ごとに入れてゆくのを見ていた。

それと同時に、死者とその妻である医師への同情が漠然とした敵意、なかば実現した復讐の夢に変わりつつあるのも感じていた。

キャサリンは息を吸おうと苦闘するわたしを見つめていた。彼女の左手を取り、胸へと導いた。その肥えた目には、すでにわたしは一種の感情のカセットテープとなっており、我らが人生の周縁を彩る苦痛と暴力の映像にその座を奪われていた――戦争と学生運動、自然災害と警官の暴力を伝えるニュース・フィルム、カラーテレビの画面を見ながら、寝室でお互いの性器を愛撫した。はるかに遠く離れた場所で経験する暴力は、二人のセックスと親密に結びついていた。心の中で、殴打と炎上は海綿体の甘美な震えに、こぼれおちる学生たちの血は手と口を潤す性分泌物に結びつく。病院のベッドに横たわったわたしの痛みすらも、キャサリンがガラスのしびんを股間に押し込み、マニキュアした指先でペニスをもてあそぶとき、ぎゅっと胸をつかむ迷走神経の引きつりすらも、現実の暴力世界の延長として、TV番組とニュース雑誌の中でなだめられ、静められてしまっているように思えた。

キャサリンは結局自分で持ってきた花の半分までを持ち帰った。年嵩《としかさ》のアジア人医師が病室の入口で見守る前で、ベッドの足側まで来たところでためらい、突然、もう二度と会えないかもしれないと思っているかのように、温かく微笑んだ。

看護婦が洗面器を持って入ってきた。新しく外科病棟に来た、三十代後半の顔立ちの整った女だった。明るく挨拶をして、敷布をはがすと真剣な目で傷の輪郭を追い、注意深く包帯を調べた。一度だけこちらを見たが、感情のこもらぬ目でそのまま仕事をつづけ、腰帯から足のあいだまで届く脊椎《せきつい》装具のまわりをスポンジで拭いた。何を考えているのだろう――旦那の夕食のことか、それとも先日子供のかかった軽い病気か？　皮膚と筋肉に接写され、影となった自動車部品には気づいているのだろうか？　おそらくは何年型の車に乗っていたかに思いをはせ、セダンの重さを推定し、ハンドルの傾斜角を見積もっているのだろう。

「どちら側にします？」

下を向いた。看護婦は柔らかなペニスを親指と人差し指でつまみ、脊椎装具のどちら側にやるか、わたしが決めるのを待っていた。

奇妙な決断について思いめぐらすあいだにも、女の綺麗な指からわずかに圧力が減ったのに反応して、事故以来はじめての勃起が、海綿体をゆり起こした。

4

甦った衝動、すぐに屹立したわが股間はわたしを文字通りベッドから持ちあげた。三日もしないうちに、わたしは足を引きずりながら理学療法科まで歩き、看護婦の使い走りをつとめ、スタッフ・ルームにまとわりつき、退屈した医師から仕事の話を聞き出すようになった。セックスのいぶきが、憂鬱な多幸症、殺した男への罪悪感を切り裂いてくれた。事故から一週間は苦痛と狂気の織りなす幻想の迷路だった。単調な日常生活、柔らかいクッションに包まれたドラマの中で、肉体の怪我に対する身体的反応はすっかり錆びつき、忘れ去られていた。この衝突事故は、わたしが本当の意味で出会った唯一の真の経験だった。わたしははじめて自身の身体と、手をかえ品をかえ襲ってくる苦痛と分泌物と、他人からの冷たい視線と、死者という事実と肉体的に戦わなければならなかった。安全運転キャンペーンの絨緞爆撃をあびせられたあとでは、実際に事故を起こして妙に安堵さえ感じた。わたしだけではないのだろうが、標語の立て看板や想像事故を演じるTVフィルムを見せられるたび、どうも居心地悪くなる。人生のクライマックスとなるおぞましい出来事がとっくにリハーサル済みであり、撮影者しか知らないどこかのハイウェイか交差点で起きるのを待っているように思えるのだ。自分が巻き込まれる悲劇はいかなるものになるのか、と考えをめぐらすこともあった。

わたしはX線科にまわされ、映画産業の現状を憂える陽気な若い娘に膝のX線写真を撮られた。彼女との会話は楽しかった。商業映画界には理想をぶちあげながら、ごく実際的な手つきで奇妙な器材を扱う落差が。検査技師の例に洩れず、白衣の下の肉づきのよい身体は冷たく性的だった。力強い腕で引きまわされ、足の位置を巨大な関節人形、まるであらゆる孔と苦痛への反応を組み込まれた精巧なダミー人形であるかのように定められる。

わたしはそこに横たわり、娘は一心にアイピースを見つめていた。鎖骨の下から胸壁《きょうへき》がふくれあがり、白衣の中で左胸が盛り上がっていた。ナイロンと糊の利いたコットンが織りなす迷宮のどこかに、大きく鈍感な乳首が隠され、ピンクの乳頭はかぐわしい衣につぶされている。腕をとられて新しいポーズをつけられるあいだ、三十センチの距離にある女の口を見つめていた。こちらが身体に関心を向けているのも知らず、技師は離れたコントロール・スイッチまで歩いていく。この女を甦らせるにはどうしたらいいのだろう——重たい金属プラグを脊椎の尻にあるソケットにぶち込めばいいのか？　おそらくそのときこそ女は突然息を吹き返し、活き活きとヒッチコック回顧上映を論じ、女権運動について戦闘的な議論をぶちあげ、誘惑的に尻をふって乳首を見せるのだろう。

そうはならず我々は、この電子機械の迷宮で、あたかも完全に理性が麻痺しているかのようにただ向き合っていた。未発見の性行為を語る言葉、目に見えぬエロティシズムの言語が、精密機器の中で待っている。同じ見えざるセックスは、空港ターミナル・ビルの旅客の列を、ほとんどむき出しの性器と巨大旅客機のエンジン室との交差点上を、スチュワーデスのおちょぼ口と交わるところを漂っていた。事故の二ヵ月前、パリへ旅行した際に、エスカレーターで前に立ったスチュワーデスの黄褐色のギャバ・スカートと、遠くで傾き、銀色のペニスとして秘所に屹立する機体との交合にひどく興奮し、思わず女の左尻に触ってしまったことがあった。着古したスカートの小さな窪みにてのひらを触れると、顔も知らない娘は、左足から右足へと体重を移した。長い間があって、訳知り顔でこちらを見下ろした。わたしはアタッシェケースを振りまわし、怪しいフランス語で弁解したが、その瞬間バランスが崩れて、上りのエスカレーターを転がり落ちる見事なパントマイムを演じる羽目になった。オルリー空港へのフライトを、一件を目撃した乗客二人、オランダ人ビジネスマンとその妻の訝《いぶか》しげな視線を感じながら過ごした。短いフライトのあいだ強烈な興奮が続き、空港建築物の奇妙に触覚的で幾何学的風景、にぶいアルミ桟と木目プラスチックのことを考えつづけた。中二階にあるバーの若いバーテンとの関係さえもが、上から禿頭をかたどる屋内照明の、タイル貼りのバーと型通りの制服によって息を吹き込まれる。キャサリンとの交わりで強いられたオーガズムの、退屈した骨盤からヴァギナに注ぎ込まれた鈍重な精液のことを思った。今、彼女の肉体の輪郭を司るのは、二人で分かち合うテクノロジーの夢、金属化した興奮であった。X線科の壁に開いた優美なアルミ製通気孔が、温かな肉の穴のようにわたしを優しくさし招いた。

「はい、おしまい」女は太い腕を背中にまわして、わたしを起こした。まるで性行為のように体が密着する。女の肘を握りしめ、手首を胸に押しつける。女の背後には高い三脚に載ったX線カメラから重たいケーブルが床にのびている。足を引きずりつつ廊下を戻るあいだも、検査技師のたくましい腕の感触が身体のあちこちに残っていた。

松葉杖で歩くのに疲れ、外科女性病棟への入口近く、外廊下との仕切り壁に寄りかかって休んだ。当直の婦長と、若い黒人看護婦とが口論していた。ベッドに横たわる女性患者たちが退屈そうに聞いている。内二人は足を吊られ、狂える体育教師の夢想を演じていた。お使いをはじめたばかりのころ、ここに入院していた、子供に自転車ではねられた老女の検尿配達をつとめていた。老女は右足切除を受けて、今では日がな一日、小包を作るように、小さな切り株に絹のスカーフを結んでは解いてばかりだった。昼間、老女は看護婦の誇りであったが、日が落ち、面会者の目が消えると、下《しも》の始末でさんざん恥ずかしい思いをさせられ、スタッフ・ルームで編み物をしている二人の婦長には無情にも無視されるのだ。

婦長は叱言を切りあげ、背を向けた。ドレッシング・ガウンの若い女と白衣を着た医師が、病院の「友人」（看護人たち、医者とその家族）専用の特別病棟入口から出てきた。男の顔は何度か見かけていた。白衣の下はいつも裸で、わたしと大差ないつまらぬ用事をこなしていた。おそらく、空港病院で事故外科を学ぶ大学院生なのだろう。たくましい腕には写真のつまったアタッシェケースを抱えていた。ガムを噛むあばた面を見ているときに、突然、男が病棟で猥褻写真、X線ポルノ写真や尿検査のブラックリストを売り歩いているような気がした。裸の胸に黒い絹紐で真鍮《しんちゅう》のメダルをぶらさげていた。だが何より目立つのは額と口のまわりの傷跡、はるかな恐ろしい暴力の名残だった。近年ますます増えてきた野心満々の若い外科医、流行の不良っぽいイメージをまとった実利主義者、あからさまに患者を敵視するタイプらしかった。すでにわたしは病院に短期逗留しただけで、医学教育は人類への憎しみを胸に抱くものすべてに開かれた門なのだ、と確信するようになっていた。

男は視線の先を上下に動かし、好奇心あらわにこちらの怪我の程を細大もらさず見ていたが、わたしの目は、松葉杖をついて歩いてくる若い女性に釘づけになっていた。杖は明らかに見せかけの、わざとらしい変装用で、肩を持ち上げて右頬骨についたあざを隠すためのものだった。この前見たとき、この顔は救急車の中、夫の身体に寄り添って、穏やかな憎しみをたたえた目をわたしに向けていた。

「ドクター・レミントン？」考えるより先に、わたしは呼びかけていた。

わたしの前まで来ると、正面から殴りつけようとするかのように松葉杖を握りなおした。わざとらしく首をまわし、傷をじっくりとこちらに見せた。戸口で立ち止まり、わたしが道をゆずるのを待った。わたしは傷跡を、右目から上唇まで延びる長さ八センチの透明ジッパーが残していった縫い目を見下ろした。鼻唇溝と交差すると、まるで繊細でとらえがたい手の掌紋《しょうもん》のようだった。肌に刻み込まれた想像の伝記を読めば、魅力的だが勉強一筋の医学生の姿が見えてくる。医師資格を取るころようやく長い思春期から抜け出し、行きあたりばったりに情事を重ねるが、ついには化学者の夫との深い感情的・性的結びつきを実らせ、ロビンソン・クルーソーが自分のいかだを丸裸にしたような勢いで互いに相手の身体を貪り尽くす。だが肌に刻まれた下唇からのびるV字の溝は、寡婦の算術を、二度と愛人を見つけることはかなわないという絶望的計算結果を示していた。藤色のバスローブでたくましい肉体を包み、クラシックなハリウッド流ナイトガウンのように、肩から反対側の脇の下へたすきにかかった白い膏薬《こうやく》に胸を半分隠していた。

わたしを無視すると決めると、そのまま怒りと傷をあらわに、面会用廊下を身体を硬くして歩いていった。

病院ではその後へレン・レミントン医師に会うことはなかったが、人のいない病棟に一人寝ながら、わたしは二人を結びつけた自動車事故のことを考えつづけた。夫をなくした若妻とのあいだにわたしは強烈なエロティシズムを感じていた。まるで死んだ夫をもう一度女の子宮に受胎させたい、と無意識に願っているかのようだった。金属キャビネットとX線科の白線ケーブルに囲まれた中で彼女のヴァギナに挿入すれば、必ずやその夫は死から、左腋窩とクロームの三脚の交合を通じ、わたしたちの性器と精巧に磨き上げられたレンズの屍衣との婚姻を通じて甦るだろう。

スタッフ・ルームから看護婦たちの口論が聞こえてきた。キャサリンが面会にあらわれた。戸棚に収まった化粧スタンドの水盆で手に石鹼をまぶし、ペニスをしごく。薄い色の目は花に埋まった窓の向こうを見つめ、左手には見慣れぬブランドの煙草をはさんでいた。前触れ抜きで、いきなりわたしの事故と警察の審問について話しはじめた。覗き屋特有のしつこさで車のダメージを描写し、ひしゃげたラジエータ・グリルやボンネットに飛び散った血のりの地獄絵図にはわたしも辟易したほどだった。

「葬式に行くべきだったね」

「そうしたかったのだけど」キャサリンは即座に答えた。「埋葬が早すぎるのよ――もう何ヵ月か置いといてくれればいいのに。心の準備が」

「レミントンは準備できていた」

「そのようね」

「奥さんのほうは？　女医さんは？　彼女は見舞ったかい？」

「いいえ。なんだかぶしつけに思えて」

すでにキャサリンはわたしを新しい光に照らして見ていた。わたしを尊敬し、あるいは妬《ねた》んでさえいるのだろうか？　今、合法的に人の命を奪う、ほとんど唯一の方法で人を殺したのだから？　自動車事故においては、速度・暴力・攻撃性のベクトルによって死が演出される。キャサリンはその写像、写真乾板やニュース映画のスチール写真のように、身体の暗いあざとハンドルの輪郭線に写し込まれたイメージに反応しているのだろうか？　左膝の割れた皿の上には、張り出したワイパーとパーキング・ライトのスイッチが正確に複写されていた。オーガズムが近づくと、キャサリンは十秒ごとに泡をたて、煙草も忘れて、事故直後の看護婦たちのようにわが肉体の開口部に集中した。精液がてのひらにほとばしり、キャサリンはペニスをぎゅっと、事故以来最初のオーガスムを祝うかのように握りしめた。うるんだ目つきから、セストリ・レヴァンテで一夏を共に過ごした、ミラノの銀行重役に雇われていたイタリア人家庭教師のことを思い出した。取り澄ましたオールドミスは、人生のすべてを世話する二歳児の性器にささげ、ひっきりなしにペニスに口づけし、ふくらむまで亀頭を吸いあげては鼻高々と見せびらかした。

わたしは力づけるようにうなずき、スカートの下、太腿へ手をのばす。これまで長いあいだ、飛行機事故や戦争を伝えるニュース映画、映画館の暗闇で伝えられる暴力に育まれてきたキャサリンの楽しく多情な心は、ただちにわたしの事故と、自分の性的快楽の一部をなす、世界を埋めつくす悪夢的惨事とのあいだにつながりを見いだしたのだ。タイツの縫い目に開いた穴から温かな太腿の感触を楽しみ、それから人差し指を伸ばして、外陰部から燃えあがる炎のようなブロンドの陰毛をさぐった。キャサリンの秘所は、狂える小間物屋に飾りつけられたようだった。

事故がキャサリンに呼び起こした過度の興奮をなだめようとして——記憶の中で事故はさらに残酷に、さらに劇的になりつつある——わたしはクリトリスを愛撫しはじめた。気をそがれたのか、キャサリンはじきに、もう生きては二度と会えないと思っているかのような熱烈なキスをして帰っていった。まるで衝突事故はまだ起こっていないのだと思ってでもいるかのように、とめどなく話しつづけていた。

5

「運転するですって？　だけど足は——ジェイムズ、満足に歩けもしないのに！」

駐車禁止のウェスタン・アヴェニューを百十キロ以上出して走るとき、キャサリンの声はわたしをなだめるように妻らしい不安を帯びる。スポーツカーのよく弾むバケット・シートに包まれ、ブロンドの髪を目から払いのける動作、ほっそりした手が豹皮に包まれたミニ・ハンドルとたわむれる様子で目を楽しませた。わたしの事故のあとも、キャサリンの運転はまったく改善されず、むしろそれまで以上に乱暴になった。宇宙の見えざる力が、コンクリートの高速道路の気ままな道行きを護ってくれると信じているかのように。

ぎりぎりの瞬間に、のしかかってくるトラックを指さした。冷凍トレイラーが、空気を入れ過ぎたタイヤの上で左右に揺れて振れている。キャサリンは小さな足でブレーキ・ペダルを踏みつけ、トラックをよけて走行車線に戻った。レンタカー会社のパンフレットを押しのけ、フェンスごしに人気《ひとけ》のない空港の待機滑走路を見やった。限りない平穏が薄汚れたコンクリートと伸びほうだいの芝生の上に君臨した。空港ターミナルのガラスのカーテンウォールとその裏のパーキング・タワーは、魔法の世界に属していた。

「車を借りるのね——いつまで？」

「一週間。空港から離れないようにするよ。オフィスからきみの目が届くようにね」

「それがいいわ」

「キャサリン、もっと外に出たいんだ」わたしは両の拳でフロントガラスを叩いた。

「いつまでもベランダに座ってるのは嫌だ。なんだか鉢植えの木みたいな気がしてきた」

「わかるわ」

「わかるものか」

この数週間、病院からタクシーで自宅に戻ってからはベランダに出した安楽椅子に座ったまま、メッキしたバルコニーの柵から十階下の見知らぬ近隣を眺めていた。最初の日には、高速道路から空港まで、だだっ広い滑走路を越えてウェスタン・アヴェニュー沿いのニュータウンまで、果てしなく広がるコンクリートと構造用鉄鋼からなる風景に圧倒されてしまった。ドレイトン・パークのアパートは、空港から北へ二キロの快適な現代住宅の小島の中、ガソリンスタンドとスーパーマーケットが作る風景の中にあり、遠く横たわる巨体ロンドンからは、優美なコンクリート柱の上を流れてゆく環状道路北線への進入ランプによって守られている。無限の運動彫刻を見下ろしていると、走行車線は自分がもたれかかっている柵より高いところにあるような気がしてきた。ふたたび、わたしはあの見知った巨体、お馴染みの速度と目的地、方向からなる世界の中にいる自分を見いだしていた。友人たちの家、よく酒を買うワイン・ストア、キャサリンと一緒にアメリカの実験映画やドイツの性教育フィルムを見た小さなアート・シアターが、高速道路の矢来の前に再結集した。テクノロジカル・ランドスケープの構成要素において、もはや人間はアイデンティティの境界領域へ近づく鍵を与えてくれる鋭い標識ではなくなってしまった。同僚の有閑マダム、フランシス・ウェアリングが楽しげにそぞろ歩き、くぐり抜けるスーパーマーケットの回転ドア、アパートの裕福な隣人とのみみっちい口喧嘩、この穏やかな郊外群落が抱くすべての希望と夢想は一千回の不貞にひからび、不変にして不動の均整をそなえた高速道路の土手の堅固な現実の前に、駐車場の車寄せの確固たる存在の前に敗北したのだ。

病院からキャサリンと帰る道すがら、車があまりにも変わって見えるのに驚かされた。まるで事故によって自動車の本質が明るみに出たかのようだった。タクシーのリア・ウィンドウにもたれて、ウェスタン・アヴェニューの交差点に流れ込む車へ高まってゆく興奮に怯えている自分に気づいた。クローム板の飾りに反射する昼下りの陽光が槍となって肌に突き刺さる。ラジエータ・グリルの奏でるハード・ジャズ、対向車線を陽を浴びてロンドン空港へ向かう自動車の運動、道路標識と方向標示——すべてがおそろしく超現実的で、高速道路に解き放たれた邪悪なゲームセンターの加速するピンボールほどに刺激的だった。

わたしがひどく興奮しているのに気づき、キャサリンは素早くエレベーターに連れ込んだ。眼下アパート内部の視覚像も変化していた。キャサリンを押しのけてベランダに踏み出した。眼下の郊外道路を車が満たし、スーパーマーケットの駐車場を窒息させ、歩道にまで乗り込んでいた。ウェスタン・アヴェニューで二件小さな交通事故があり、空港への進入トンネルと跨線橋でひどい渋滞が発生していた。興奮しながらベランダに座るわたしを、居間から、背後の電話に片手をかけて、キャサリンが見ている。そのときはじめて、南の地平線から北の高速道路まで、無限に広がるワックスのコロナを見た。途轍もない危険の予感、すべての車を巻き込んだ事故が今にもおこるような不安を覚えた。空港から飛び立つ旅客たちはこの危険地域から、来《きた》るべき最終自動車戦争《オートゲドン》から逃れようとしているのだ。

　災厄の予感は離れなかった。帰ってからの数日間は一日じゅうベランダで過ごし、高速道路を流れる車を見つめて、自動車による世界の終わりが始まるしるしを見いだそうとした。あの事故は、終末の個人的なリハーサルだったのだ。

　キャサリンをベランダに呼び、高速への南側進入路で起きた小さな衝突事故を指さした。白いランドリー・ヴァンが、結婚式の招待客を乗せたセダンに追突したのだ。

「あれだってリハーサルみたいなものなんだ。全員がリハーサルを終えたとき、本物がはじまる」旅客機がロンドン市街に近づき、騒音に震える屋根の上空で車輪を出す。

「また、犠牲志願者の配達だ――ブリューゲルとヒエロニムス・ボッシュが高速をレンタカーで流してるのを見に来たんじゃないか」

　キャサリンはわたしの前にひざまずき、椅子のクロームの肘かけに肘を乗せた。壊れたハンドルの前に座って車を切り開いてくれるパトカーが着くのを待つあいだ、ダッシュボードで点滅していたのと同じ光が目の前を躍っていた。キャサリンは、変形した膝小僧を興味深げに探っていた。彼女は倒錯と名のつくものすべてに、自然かつ健全な好奇心を抱いていた。

「ジェイムズ、もうオフィスに出なきゃならないけど――一人で大丈夫？」彼女に対してならどんな嘘も平気でつける、とよく知りながら訊ねる。

「もちろんだ。車が増えてないか？　事故前の、三倍も車が多くなったような気がするが」

「気にしてなかったから。おねがいだから管理人の車を借りたりしないでよ」

その気づかいは感動的だった。事故があるまで、キャサリンはわたしと二人でいるとリラックスできなかった。衝突事故こそ、これまでの人生とセックスによって学んできた気まぐれな経験だったのだ。結婚してから一年ほどで性的刺激をなくしていた肉体が、今再び彼女を興奮させていた。胸の傷跡に魅せられ、唾に濡れた唇で触れた。同じ幸せな変化をわたし自身も、感じていた。かつて隣に寝ているキャサリンの身体は、無感情で無機質な、ゴムのヴァギナを持ったダッチワイフのように思えた。彼女なりの倒錯した論理で自分をいじめるためにオフィスに遅刻してまでアパートに居残り、身体をわたしに見せつける。股間のブロンドの裂け目なぞまっぴら御免だ、と思っているのは重々承知のくせに。

腕を取った。

「下まで一緒に下りよう――そんなに驚いた顔をしないで」

前庭で、空港へ向かうスポーツカーを見送った。白いパンツの股間から、すれ合う太腿が陽気な手旗信号を伝える。刻々変化する恥部の幾何図形は、ガソリンスタンドの回転ダイヤルは見飽きた退屈な運転手たちの喜びだった。

キャサリンが行ったあと、部屋を出て地下階に下りた。地下駐車場にはアパートに住む弁護士と映画会社重役の妻たちの車が十台ばかり並んでいた。わたしの契約区画は相変わらず空いたままで、コンクリートの床に見慣れた油染みがあった。高価な計器盤から洩れるぼんやりした光をのぞき込んだ。リア・ウィンドウにシルクのスカーフがひっかかっている。事故の直後、車の座席や床に散らばっていた小物のリストをキャサリンが声に出して読みあげた——休日用ルート・マップ、マニキュアの空き瓶、業界雑誌。二人の人生から取り出されたかけらは、発破屋がドアを破り運び出し並べた、誰の手も触れていない記憶と情愛とも見え、レミントンの死という悲劇的手段によってなしとげた日常の再生の一部となった。レミントンのコート袖の灰色のヘリンボン、シャツの白いカラーは、あの事故の中に永遠に封じ込められたのだ。

高速道路に囚われた乗用車がホーンを鳴らし、絶望のコーラスを奏でる。駐車区画の油染みを見つめながら、死んだ男のことを思った。事故のすべて、つぶれた車から凍りついて見えた警察官、野次馬、救急隊員たちの姿がこの消えない染みに凝結しているようだった。

背後でトランジスター・ラジオが鳴っていた。腰まで長い髪の管理人の若者が、地下階のエレベーター脇にある事務所に戻ってきた。子供のようなガールフレンドに腕をまわして、金属のデスクに座る。慇懃《いんぎん》な視線に追われるように、アパートの前庭まで歩いた。ショッピング・モールへ延びる並木道に人影はなく、プラタナスの木陰に隙間なく車が駐めてあった。攻撃的な主婦におぼつかない足元をすくわれずに歩ける喜びから、ワックスのかかったフェンダーに身体を休めつつ、通りをそぞろ歩いた。二時一分前、ショッピング・モールに人はいなかった。車が正面の引き込みを埋め、横道には二重駐車して、運転者たちは暑い陽射しを避けてモールで休む。モール中央にあるタイル張りの広場《ピアッツァ》を横切り、スーパーマーケットの屋上の駐車場まで階段を上がった。数百の駐車スペースはすべて塞がっており、並んだウィンドシールドがガラスの作業盾のように太陽を反射していた。

コンクリートの張り出しにもたれたとき、はじめて周囲の風景にのしかかる重たい沈黙に気づいた。管制塔のちょっとしたきまぐれから、滑走路に離着陸する飛行機は一機もなかった。高速南向き線の車列は静止していた。ウェスタン・アヴェニュー沿いに渋滞中の乗用車とエアポート・リムジンは、車線に並んで信号が変わるのを待っていた。渋滞の最後尾は高架線ランプを上る三車線をふさぎ、その向こうには南線の新延長部が延びている。

数週間病院にいたあいだに、高速道路の巨大白板は一キロ近く南へ延びていた。沈黙の世界をさらに深く見つめ、自分の生活風景は今やすっかり人工の地平線、高速道路の高い柵と土手、進入ランプとインターチェンジに囲まれているのに気づいた。直径数キロにも及ぶクレーター壁が眼下の車を取り囲んでいる。

なおも静寂がつづいた。そこここで、暑い陽光につかまった運転手がハンドルの前で不快げに身じろぎする。突然、世界が静止したような気がした。膝と胸の傷跡は、さし招く送信機に同調したビーコンとなって信号を発信し、わたしの知らないところで、この無限の停滞をほどき、運転手たちを解放し、車に定められた真の目的地へ、電子ハイウェイのパラダイスへと連れてゆくのだ。

特別な静寂の記憶は、キャサリンにシェパートンのオフィスまで送られていくあいだも鮮やかだった。ウェスタン・アヴェニューでは、スピードを出しては渋滞で落とすくりかえしだった。頭上を、ロンドン空港から飛び立つ旅客機のエンジンがうなりをあげる。かいま見た静止した世界、地平線にそびえる高速進入ランプの車の中でただ座って待っている数知れぬ運転手たちは、この機械風景をとらえる特別な幻視であり、精神の高架橋を探査する招待状のように思えた。

まずは回復期のまどろみを終え、車を借りなければならなかった。ＣＭスタジオに着いても、キャサリンは、駐車場の中をまわるばかりで、こちらを降ろしたがらなかった。レンタカー会社から来た若者が、持ってきた車の脇に立ち、自分を中心にぐるぐるまわるわたしたちを眺めていた。

「レナタと一緒に乗るの？」

あてずっぽうの鋭さに驚かされた。

「乗せてもいいかな、とは思ったがね――また車に乗るのも、案外退屈かもしれないし」

「あなたに運転させるようなら、ちょっと驚きね」

「嫉妬しないのかい？」

「ちょっぴりは」

女性二人がそこに関してだけ同盟を結ぶのではと恐れ、わたしはキャサリンに別れを告げた。つづく一時間は、制作オフィスで、ポール・ウェアリングと契約上の問題点、映画女優エリザベス・テイラーを使おうとしていた自動車CMの契約上の障害について話し合った。だがそのあいだもわたしの心は駐車場で待っているレンタル会社の乗り物から離れなかった。それ以外のすべて――ウェアリングのわたしへの苛立ち、狭苦しいオフィスの眺め、騒々しいスタッフ――は、淡い半影、やがて取り除かれてしまう中途半端な脚注に過ぎなかった。

レナタが車に乗り込んできたのにも、ほとんど気づきもしなかった。

「大丈夫ですか？　どこまで行きます？」

握りしめたハンドル、パッドの入った計器パネル、そのダイヤルとスイッチを見つめた。

「決まってるさ」

大量生産された運転席の攻撃的な様式化、誇張されたダッシュボードのモールディングが、この身体と自動車とのあいだに今生まれつつある新しい交差点への思いを強調していた。それはレナタの幅広の尻と、ビニールの赤いレインコートにしまい込まれたたくましい足への感情よりも近しいものだった。わたしはかがみ込み、ハンドルのへりを胸の傷跡に、膝をイグニションとハンドブレーキに触れた。

三十分後、高架の脚元に着いた。夕方の交通がウェスタン・アヴェニューを流れて、インターチェンジで二つに分かれる。北へ八百メートルの環状交差路まで、事故現場を過ぎ、Uターンして事故の直前に通った道をたどっていった。たまたま道に車はいなかった。四百メートル先の陸橋をトラックが上っていった。進入路の路肩から黒のセダンが飛び出してきたが、加速してすりぬける。すぐに衝突現場に着いた。スピードを落とし、コンクリートの路肩に寄せた。

「ここは駐車禁止かな」

「ええ」

「まあいい――きみなら警察も目こぼししてくれるさ」

レナタのレインコートのボタンを外し、太腿に手をやった。喉にキスをすると、慈愛深き家庭教師が子をあやすようにわたしの肩を抱いた。

「事故の直前に会っていたろう。覚えてるかい？　セックスしたばかりだった」

「まだ、あなたの事故に巻き込もうって気なの？」

太腿の手を滑らせていった。外陰部は湿って花開いていた。空港のリムジンバスが通り過ぎ、シュツットガルトだかミラノだかに向かう客たちが窓から見下ろしていく。レナタはコートのボタンをはめて、ダッシュボードから《パリ・マッチ》を取り出した。ぱらぱらとページをめくり、フィリピンの飢饉を伝える写真を眺めている。相似した暴力への没入は、身を守るための囮であった。学生のような真面目な目は、裁ち落としの膨れ上がった死体の写真でもほとんど止まらなかった。死と不具のコーダが正確な指の下を通り過ぎていくあいだ、わたしは今座っている車の五十メートル先、もう一人の男を殺した場所を見つめていた。交差点の無名性はレナタの肉体を思わせた。ひだと穴の上品な宝庫である身体は、やがてどこかの郊外族の夫にとって、わたし自身にとっての縁石や車線境界線のように不可思議な、重要な存在となるだろう。

白のコンバーチブルが近づき、わたしが車から降りると、ヘッドライトをフラッシュさせた。運転疲れで右膝に力が入らず思わずよろめいた。足下に落葉や煙草の吸い殻、ガラスのかけらが散らばっていた。安全ガラスの破片は、幾世代もの救急隊員にはき集められて、わずかに吹きだまりになっていた。わたしは塵まみれのネックレス、幾千の自動車事故のかけらを見下ろした。五十年の内に、さらに衝突がつづけば、ガラスだまりは相当の大きさの塊になり、その後三十年で尖った水晶の浜辺ができるだろう。新種の海水浴客もあらわれるやも知れぬ。砕けた風防堆積物を不法占拠して、シケモクや使いさしのコンドーム、ばら銭を探すのだ。自動車事故期が形成したこの新しい地層の中に、わがちっぽけな死は、化石化した木の結晶化した傷跡のように名もなく埋葬される。

百メートル後方、道のはじに埃まみれのアメ車が停めてあった。泥だらけのフロントガラスの陰からこちらをのぞき見ている運転者は、幅広の肩をドア・ピラーにもたせかけていた。道を渡ろうとすると、男はズームレンズつきのカメラを取り出し、ファインダーをのぞき込んだ。

レナタは肩ごしに男を見返し、わたしと同様、男の攻撃的な姿勢に驚いたようだった。わたしが近づくのを見て運転席のドアを開けた。

「運転できる？　あの男は誰かしら。私立探偵？」

ウェスタン・アヴェニューを走り出すと、背の高いレザー・ジャケットの男はわたしたちが車を停めていたところまで歩いてきた。男の顔を見たくて、わたしは環状交差路をひとめぐりした。

三メートルも離れないところを通り過ぎた。アスファルトに残る轍《わだち》をたどって、まるで心の中の、目に見えない弾道をなぞっているかのように歩いている。陽光が額と口元の傷をとらえた。男が顔をあげてこちらを見たとき、はじめて、アシュフォード外科病院で、ヘレン・レミントンの部屋から出てくるところを見かけた男だと気づいた。

6

それから数日、スタジオのレンタル会社から次々に車を借り出した。あらゆる形式の乗用車を、大型のアメリカ製コンバーチブルから、高性能のスポーツ・セダン、イタリアの小型車にいたるまで試してみた。キャサリンとレナタを——二人とも二度と車に乗るなと言う——挑発する皮肉なジェスチュアとして始めたことが、すぐに別の役割を持つようになった。事故現場への短い旅によって、あの死者の影が、そしてさらに大事なこととして、自分自身の死の認識がもう一度甦ってきた。どの車に乗ったときも、わたしは事故のルートをたどりなおして、また別の死と犠牲者、また別の傷のかたちの可能性を探った。

いくら掃除をしても、過去の運転者たちの残りかすは内装にこびりついていた——ブレーキ・ペダルの下に敷いたゴムマットに残るヒール跡、しなびた煙草の吸いさしに流行遅れの口紅が残り、ガムで灰皿の蓋につかまっている。ビニールシート一面に広がる乱闘の振り付けにも似た不思議な引っ掻き傷は、不具者のカップルがお互いをレイプしようとしたかのようだった。足をペダルに下ろすと、わたしのどんな反応も先取りしてしまう過去のすべての運転手の身体が占めた空間、密会の約束、脱出、退屈を感じた。すべてをおおっている過去の痕跡に気づき、わたしは運転に細心の注意を払い、飛び出してくるハンドル・シャフトとサンバイザーに自分の肉体の可能性を捧げた。

最初のうちは空港の南側、スタンウェル貯水池のまわりを、はじめての車の操作を探りながらあてもなく運転した。そこから空港の東をハーリントンのインターチェンジまで走り、ラッシュ・アワーにウェスタン・アヴェニューをロンドン郊外へ帰る金属の潮流に巻かれて戻ってくる。事故の刻限にはいつも高架の近くにいて、信号間をぎくしゃくと進む流れに巻かれて現場を通り過ぎるか、渋滞に巻き込まれて正確な衝突地点からまさに三メートルというところで停止しているかのいずれかだった。

コンバーチブルを取りに行くと、レンタル会社の男から言われた。

「この掃除はひと仕事でしたよ、バラードさん。お仲間のテレビ会社に貸したんですけどね――屋根からドアからボンネットからカメラの締め跡だらけで」

その車が今なお虚構の事件で一役を荷なっていることに気づいたのは、シェパートンの車庫から帰る途中だった。借りた車の例に漏れず、これもやはり、引っ掻き傷と足跡、煙草の焦げ跡とすり傷におおわれ、その言葉は魅惑のデトロイト・デザインに翻訳されていた。ピンクのビニールシートには深いかぎ裂き、旗ざおを、あるいは考えようによってはペニスも差せそうな穴があった。間違いなく、この車を借りたあちこちの映画会社がこしらえた想像のドラマの中で記されたものだった。探偵や、けちな犯罪者や、秘密諜報員や失踪した相続人の役を演じる俳優たちによって。使い古したハンドルの滑り止めには、カメラマンと映画監督に指定された位置で握った幾百の手がなすりこんだ脂がこびりついていた。

ウェスタン・アヴェニューで夕方のラッシュに囲まれ、巨大に積み重った虚構に押しつぶされて死ぬことを夢見た。わが死体には数多《あまた》の犯罪ドラマの刻印が打たれ、忘れ去られたドラマに、ネットワークの大掃除で倉庫にしまい込まれて何年もたってから、クレジット・タイトルの最後の一行が記されるのだ。

幾多の呼び声に混乱し、気がつくと、高速インターチェンジの交差点で間違った車線に入っていた。自分の怪我や経験がこの巨龍に釣り合うなどと考えたのはとんだ思い上がりだ、と大型車の強力すぎるエンジンと敏感すぎるブレーキに思い知らされた。以前と同じモデルの車を借りようと思い直し、空港への進入路に向かった。

ひどい渋滞でトンネルに入れなかったので、対向車線を横切って乗継ぎ用ホテル、終夜営業スーパーが並ぶ空港の一角に乗り入れた。トンネルの進入路に近いガソリンスタンドから滑り出したとき、車線のあいだの小島をうろつく三人組の娼婦が見えた。

車を見てアメリカ人かドイツ人の観光客と思ったのだろう、一番年嵩《としかさ》の女が道路を渡ってきた。夜のあいだ、小島をぶらついて、三途の川を渡ろうとしている旅人を拾うかのように、速度をあげる車を見つめている。三人の娼婦は——リバプール出身のよく喋るブルネットは陽の下に知らぬことも、知らぬ場所もない。無学で臆病なブロンドは、しょっちゅうキャサリンが指さしていたところからして、彼女の幻想の源泉になっているらしい。一番年上のくたびれた顔をした女はでかい胸をぶら下げてウェスタン・アヴェニュー・ガレージのガソリンスタンドで働いていたこともある――三人で性的基本単位をなし、どんな客でも一通りは満足させられる。

小島に寄せて車をとめた。こちらの合図に応えて年増女が近づいてきた。助手席のドアにもたれかかり、クロームのウィンドウ・ピラーを太い右腕で押さえた。車に乗り込み、二人の相棒に手ぶりする。女たちの目は反射で光る通過車のワイパーのようにまたたく。

空港トンネルに向かう車の流れに加わった。借りたアメ車で隣に座るがっしりした女と、数多の二流TVシリーズに出演した名もなきスターたちのせいで、突然膝と太腿の痛みを意識した。サーボ・ブレーキとパワー・ステアリングの装備があっても、米国車の運転は一苦労だった。

「どこまで行くの？」トンネルを抜け、空港ターミナル・ビルに向かおうとすると、女が訊ねた。

「パーキング・タワーだ――屋上は、夜、人がいなくなる」

空港とその周囲を徘徊する娼婦たちのゆるやかな階級――ホテルの中、決して音楽がかからないディスコ、空港から一歩も出ない幾万の乗継客にはうってつけのベッドがすぐそばに待っている。第二層はターミナル・ビルのコンコースや中二階レストランをうろつく。そしてその上に、日決めで高速沿いのアパートに部屋を借りているフリー軍団がいる。

航空貨物ビル裏手の多層駐車場に着いた。この両義的で不確実な建物の坂になったコンクリートの床を走り、スロープの屋根で車間スペースに止めた。小切手を銀色のハンドバッグに押し込んだあと、女はプロらしく片手でチャックを下ろし、真剣な顔を股間にうずめた。システマチックに手と口両方を使ってペニスを扱い、腕はこちらの膝で休ませている。わたしは尖った肘の重みから逃れた。

「どうしたのよ、足は――事故にでもあったの？」

まるで性的侮辱でも加えるかのような口ぶりだった。

ペニスが元気づくと、わたしは女のがっしりした背中を見下ろす。ブラのストラップ跡が残る肩の輪郭と精巧にこしらえられた米国車の計器パネルとの、左手におさまった肉厚の尻と、時計やスピードメーターを収めたパステル・カラーの羅針台との交差点を見下ろした。計器をおおうフードから力を得て、左手の薬指をアヌスに向かって滑らせていった。

階下のコンコースでホーンが鳴り響いた。背後で閃いたフラッシュが、疲れ果てた娼婦の驚きの顔とペニスを含んだ口、クローム製のハンドル・スポークに垂れ落ちる薄くなった髪を照らし出した。女を押しのけ、バルコニーから下を見下ろした。リムジンバスが欧州線ターミナル前に停まっていたタクシーに追突したのだ。二人のタクシー運転手とプラスチックのアタッシェケースを脇に抱えた男が、タクシーから怪我した運転手を運び出していた。タクシーとバスがコンコース全体をふさぐ大渋滞になっていた。パトカーがヘッドライトを閃かせて歩道に乗り上げ、乗客やポーターを掻き分けて、フェンダーでスーツケースをはね飛ばした。

クロームのウィンドシールド・ピラーに映ったわずかな動きをとらえて、右を向いた。六メートルばかり離れ、空いた駐車区画をはさんで、コンクリートのバルコニーに寄せて停めた車のボンネットに腰かけ、カメラを構える男がいた。額に傷がある背の高い男、高架橋下の事故現場でもわたしのことを見ていた、病院で白衣を着ていた医者だった。フラッシュから白濁した電球をはずし、車の下に蹴り込んだ。ポラロイド・カメラの裏からフィルムを引き出す。退屈したような、客を連れた娼婦なぞ高層駐車場の屋上階ではよく見かける、と言わんばかりの視線をこちらに向けた。

「最後までやる？　気にしないでいいのよ」女はどこかに行ったペニスを求めて股間をまさぐっていた。わたしは起きるようにと言った。ルーム・ミラーで髪を直すと、ちらりとも振り向かないでエレベーター・シャフトに消えた。

カメラの大男はぶらぶらと屋上を歩きまわった。リア・ウィンドウから車内をのぞく。後部座席は撮影器材であふれかえっていた——カメラ、三脚、フラッシュバルブの詰まったボール箱。ダッシュボードにはムービーカメラが据えつけてある。

男はカメラのピストル形グリップを、武器のようにかざしながら車に戻ってきた。パトカーのヘッドライトに顔が照らし出された。そのあばた面には見覚えがあった。雑誌記事のプロフィール紹介やもう覚えていないテレビ番組で何度となく見ている――名前はヴォーン、ロバート・ヴォーン博士といい、元コンピュータ技術者だった。TV科学解説家という今出来の職業の草分けであり、相応の個人的魅力――ふさふさした黒髪と傷のある顔、米軍のコンバット・ジャケット――に加えて、教えさとすような講義口調と自分の主張、すべての国際交通システムのコンピュータ技術の応用による一元管理に絶対的確信を抱いていた。三年前、最初に出演したTVシリーズで、ヴォーンは男性的イメージを確固たるものにしていた。ほとんどならず者的科学者ともいうべき姿で、大馬力のバイクで研究所からテレビ局に乗りつける。博学で、野心にあふれ、売り込み上手のこの男が、博士号を持ったお調子者に堕さなかったのは、ナイーヴな理想主義に裏打ちされた、自動車とその真の役割についての奇妙なヴィジョンを持っていたおかげだった。

男はバルコニーにもたれかかり、事故現場を見下ろしていた。ヘッドライトが、眉毛と口を横切る固い傷跡、折れて治した鼻梁を照らし出した。ヴォーンのキャリアが唐突に終わった理由を思い出した――TVシリーズのなかばで、バイク事故を起こして大怪我したのだ。男の顔と行為には、今なおくっきりと事故の記憶が、北部のどこかの道路で両足がトラックの後輪にへし折られた瞬間の恐ろしい衝撃が刻み込まれていた。顔の造作は横に並べ換えられたかのように、事故のあと、新聞のピンぼけ写真に似せてもう一度組み立てられたかのように見えた。口と額の傷跡、自分で刈った髪、二本欠けた糸切り歯のせいで、孤独で敵意に満ちた顔に見えていた。すり切れたレザー・ジャケットの袖口から、骨ばった拳が手錠をかけられているように突き出している。

男は車に乗り込んだ。十年前モデルのリンカーン・コンチネンタル、ケネディ大統領が暗殺されたときに乗っていたオープンカーと同じものだった。ヴォーンはケネディ暗殺にも強迫観念を抱いていたのだ。

バックでわたしの前を通り過ぎるとき、リンカーンの左のフェンダーが膝をこすっていった。斜面を下りてゆくのを、屋上を渡って追いかけた。ヴォーンとの最初の出会いは今もいきいきとよみがえる。わたしを追いつづける動機が、復讐でも脅迫でもないことはもうわかっていた。

7

パーキング・タワーの屋上で会って以来、つねにヴォーンの存在を意識するようになった。もはやわたしを追っているのではなく、試験官のように生活の周辺部を出入りして、こちらの脳をモニターしているように思えた。ウェスタン・アヴェニューの追越車線を走りながら、バックミラーに映る高架橋やパーキング・タワーの中に、その姿を探した。

ある意味では、わたしはすでにあてどない探索行の仲間にヴォーンを加えていたのだろう。

跨線橋では渋滞につかまり、リムジンバスがアルミの壁となってのしかかる。キャサリンが退院後はじめて晩酌の用意をするのをベランダで待ちながら、混み合う高速のコンクリート路面を見下ろしたとき、この無限に広がる金属化した風景に近づく鍵は、不変にして定常的な交通パターンの中にある、と確信した。

　幸いなことに、わたしの救世主妄想は、すぐにパートナーのポール・ウェアリングの気づくところとなった。キャサリンと話して、撮影所のオフィスへの出勤を、一日一時間に限定したのだ。わたしは疲れやすく、興奮しやすくなっており、ウェアリングの秘書とつまらない口論をした。だがそれはすべて、瑣末で非現実的なことに思えた。近所のディーラーが持ってくる新車の方がよほど大事だった。

　事故を起こした車と同一モデル、同じ装備というわたしの選択に、キャサリンは深く疑念を呈した。わたしはサイドミラーや泥除けガードに至るまでまったく同じものを選んだ。キャサリンとその秘書は、航空会社のオフィスの車寄せで批判的な視線をこちらに向けた。キャサリンの後ろに立ったカレンは、肩甲骨に触れんばかりに肘をはり、まるで有望な新人を見つけて目を光らす、若く野心的な娼館の女主人という風情だった。

「なぜわざわざ呼び出したの？　わたしたちは車なんか見たくもないわ」とキャサリン。

「それもよりによってこの車を、ミセス・バラード」

「ヴォーンに追いまわされてないか？」わたしはキャサリンに訊ねた。「病院で話してただろう」

「警察のカメラマンだと言うからよ。何が目的だったの？」

カレンの視線は頭の傷に貼りついていた。

「あんな人がテレビに出ていたなんて」

カレンに睨み勝つのは一苦労だった。口の銀柵の裏に肉食動物を飼ってでもいるかのような目つきだった。

「あいつは事故現場にもいたのかな？」

「見当もつかないわ。彼のためにもう一度事故を起こしてあげるつもり？」キャサリンは車のまわりをひとまわりした。助手席に座り、新品のビニールが放つ強く鼻をさす匂いを吸い込んだ。

「事故のことなんて、考えてもないさ」

「あなた、関わり過ぎよ。あのヴォーンって男に――四六時中彼のことばかり話してる」キャサリンは染みひとつないフロントガラスを見通し、太腿を様式化したポーズに開く。

実のところ、わたしが考えていたのは、この開かれたポーズと、空港ターミナル・ビルのガラスのカーテンウォールと、ショールームいっぱいに広がるぎらつく新車とのコントラストだった。あわや自分を殺しかけた車とまったく同じレプリカに座り、つぶれたフェンダーとラジエータ・グリル、ボンネットの正確な歪み、ウィンドシールド・ピラーの角変位を思い描いた。

キャサリンの三角形の恥部が思い出させてくれた。この車の中ではまだカーセックスをしていない。

ノートルト警察の留置場で、廃物博物館の守護者たる守衛に通行証を見せた。倒錯した奇妙な夢の集積所から妻を引き取ろうとする夫のように、そこでためらって立ち止まった。陽射しの中、二十台ばかりの事故車が閉館した映画館の裏壁に沿って並んでいる。アスファルト庭の一番奥に運転席がまるごと完全につぶれ、運転手の身体のまわりに唐突に凝縮したかのようなトラックがあった。

そうした変形に心を揺さぶられながら、順に車を見ていった。最初の車、青いタクシーは、手前のヘッドライト部分をぶつけている――片側は外装にも傷ひとつないが、反対側は前輪がコンパートメント内までめり込んでいた。その隣は大型車に轢かれた白のセダンだった。巨大な轍が残るつぶれたルーフは、ギアボックスにつくまで押し下げられていた。

自分の車が見つかった。牽引ロープの切れ端がフロント・バンパーにまといつき、ボディには泥とオイルがこびりついている。正面から中をのぞき、泥まみれのガラスに指を走らせた。考える前に車の前にひざをつき、つぶれたフェンダーとラジエータ・グリルを見つめていた。

数分のあいだ事故車を見つめ、そのアイデンティティを組み立て直した。恐怖の出来事がパンクしたタイヤで心の中を走りまわった。いちばん驚いたのは損傷のひどさだ。衝突の瞬間にフードがエンジン・コンパートメントの上に捲《めく》れあがったので、本当のところが隠されていたのだ。両前輪とエンジンは運転席まで、床を持ちあげて押し込んでいた。血痕はまだボンネットに残り、ワイパーの溝へ黒い縞が流れていた。ガラスの細片がハンドルとシートのまわりに散らばっている。ボンネットに横たわっていた死者のことを思った。傷ついた細胞壁から漏れ落ちる血のしたたりは、睾丸で冷えてゆく精液より優れて授精力ある流体だったのだ。

　二人組の警官が黒いシェパードを連れて通り過ぎた。わたしが車に触れてゆくのをどこか蔑んでいるように、車のまわりをうろつく姿を見つめていた。警官をやりすごしてからドアのラッチをはずし、力いっぱいドアを引き開けた。

　埃のつもったビニールシートに腰を下ろしたが、フロアが傾いているせいで後ろにひっくりかえった。ハンドルは胸の方へ十五センチも突き出していた。震える足を車に入れ、ペダルの、ゴムの滑り止めに乗せた。ペダルはエンジンに押しあげられており、膝を胸につくまであげなければならなかった。正面の計器パネルは内向きにつぶれ、時計とスピードメーターにひびが入っていた。歪んだ車室の、濡れて汚れたままの内装にくるまれ、衝突の瞬間の自分の姿を思い描いた。自分自身の身体のあいだ、すべてを受けとめる皮膚と、それを支える支持構造との技術的齟齬《そご》を。親しい友人と戦争博物館を訪れたときのこと、第二次世界大戦の日本製ゼロ戦のコックピットにただよう情念を思い出した。床に網を広げた裂けたカンバスと電線の絡まりが戦争のすべての孤独を表現していた。曇ったプラスチックの天蓋《てんがい》には太平洋の空のかけらと、三十年前に航空母艦の甲板を揺るがせたうなり声が封じ込められている。

二人の警察官は犬を訓練していた。ダッシュボードのグローブ・ボックスを無理矢理下に開く。中に、埃とプラスチックの破片に包まれて、キャサリンが取り戻せなかったものがいくつか入っていた。数冊のロード・マップ、レナタが大胆なジョークのつもりで貸してくれたおとなしめのポルノ小説、水源地の近くで車をとめて撮った、左胸むき出しのポラロイド写真。

灰皿を引き出した。金属の皿が膝に飛び出し、口紅のついた吸い殻がこぼれ落ちた。その一本一本、オフィスから家まで送っていく車中でレナタが吸った煙草の一本一本が、二人のあいだの性行為の記憶だった。興奮と可能性の小さな博物館を見つめたとき、押しつぶされたこの車室は、極端な不具者のためにこしらえた異形の乗り物にも似て、今胎動しはじめた未来の生活の完璧なモジュールとなることに気づいた。

誰かが車の前を通り過ぎた。ゲートのところで警官の呼び声がした。フロントガラスごしに、白いレインコートの女性が、事故車の列のあいだを歩いてゆくのが見えた。美しい女性が画廊の知的な客のように順ぐりに車を見てゆく姿が、吸い殻十二本分の夢想からわたしを引き戻した。女性はわたしが座る車の隣、凄まじい追突事故で押しつぶされたコンバーチブルの前まで歩いてきた。知的な顔貌、髪を下ろして広い額を隠した過労の女医が人のいない車室をのぞき込んだ。

考えるより先に体が車から出ようと動き、すぐにやめてハンドルの前にじっと座った。ヘレン・レミントンはつぶれたコンバーチブルからこちらに振り向いた。ひしゃげたボンネットを、夫を殺した車だとは気づかないままに見やった。視線をあげ、ガラスのないウィンドシールドの向こうに、歪んだハンドルの前、夫の乾いた血痕に囲まれて座るわたしの姿をとらえる。しっかりした視線はゆるがなかったが、手は思わず頬に伸びた。車の損傷を見積もってゆく目は、へこんだラジエータ・グリルから、握りしめる突きあげられたハンドルへと動いていった。それから素早くわたしを、もっぱら不摂生で病気になった面倒な患者を相手にしている医師のような冷たい目で観察した。

女医は事故トラックの方へ歩いていった。わたしに衝撃を与えたのは、またしても独特の立ち姿だった。広い骨盤から伸びる太腿は、衝突車の列に向けて開かれるかのように外を向く。わたしが車輛留置場を訪れるのを待っていたのだろうか？　われわれがいずれ向き合うことになるのは避けられないとわかっていたが、自分の中では、それはすでに他の感情におおわれていた——哀れみに、エロティシズムに、彼女は知っているが、わたしは知らない死んだ男への奇妙な嫉妬にさえも。

車の前、こぼれた油の染みが残るアスファルトに立って待っていると、彼女が戻ってきた。

事故車の列を指さす。

「こんなことのあとで、どうしてみんな平気で車を見てられるのかしら？　ましてや運転なんて」答えないでいると、平坦な声で言った。

「チャールズの車を探してるんですけど」

「ここじゃないですよ。きっと、まだ警察で保管してるんでしょう。鑑識とか……」

「ここだと聞いたわ。今朝そう言われた」それまで変形に惑わされていたかのように、しげしげと車を見つめ、やっとそれがわたしの性格と同じかたちに歪んでいるのを見取った。

「これはあなたの車ね？」

手袋をはめた手をラジエータ・グリルに伸ばし、蛇腹からひきちぎられたクローム・ピラーに触れ、血の塗装の中に夫の名残を探しているかのようだった。この疲れた女性とはまだ一度もまともに話をしていなかったので、彼女の夫の死と、我々を結びつけたおぞましい暴力のことを詫びなければならなかった。同時に、傷ついたクロームを撫でる手袋は刺すような性的興奮を呼び起こした。

「手袋が破けますよ」手をラジエータから押しやった。

「そもそも、こんな所に来ちゃいけなかったんです――もっと警察がうるさいだろうと思ってたのに」

がっしりした手首が指を押しかえした。気まぐれな苛立ちがわたしへの肉体的復讐をリハーサルしているかのようだった。ボンネットとシートにばらまかれた黒い紙吹雪の上を目がさまよっていた。

「ひどい怪我でしたの？　たしか病院でお会いしましたわね」

わたしは一言も口をきけなかった。頬を隠す髪をいじくるひどく強迫的なしぐさにとらわれていたのだ。神経質なセックスを抱えたがっしりした肢体と泥まみれの凹んだ車とが力づよく交差する。

「車なんか欲しくないのよ。スクラップにするのにもお金払わなきゃならないって聞いて、もう、うんざり」

彼女は車の近くから離れず、敵意と関心の混じった目でわたしを見つめた。この駐車場に来た理由がわたしと同様曖昧なものだと認めているかのように。抑制した事務的な口調の中にも、すでにわたしが彼女に開いてやった可能性の扉をのぞき込み、自分の夫を殺し、人生のメインストリートを閉ざしたよこしまなテクノロジーの道具を試そうとしているのが感じられるのだ。

病院まで送ろうと申し出た。

「ありがとう」前に立って歩きながら、

「空港までにしてください。御迷惑でなければ」

「空港？　もしや、お発ちになるんですか？」奇妙な喪失感を味わった。

「いいえ、まだ——でも、遅すぎるって人もいるようですわね」サングラスを取って、寂しそうに微笑んだ。

「医者の家族に死人が出るのは、患者にとっては倍も不安なものなのですから」

「なだめるために白を着てらっしゃるんじゃないですよね」

「着たければ血まみれのキモノだって着ます」

車に並んで座った。彼女はロンドン空港の入国管理局で働いている、と話した。わたしからたっぷり身を離して、ドア・ピラーに背をもたせ、批判的な視線を甦ったなめらかなビニールと曇りガラスに走らせた。操縦パネルの上を動くわたしの手を追う。熱いプラスチックに押しつけられた太腿の圧力が濃密な興奮の単位だった。すでに彼女も気づいていただろう。恐ろしいパラドックスによって、二人のセックスがわたしへの復讐行為になるのだと。

アシュフォードからロンドン空港へ向かう高速北線はひどい渋滞だった。加熱した塗装を太陽が焼き焦がした。退屈したドライバーは開けた窓に肘をかけ、ラジオから間断なく流れつづけるニュースに耳を傾ける。リムジンバスに封じ込められた旅客たちは、遠くの滑走路から飛び立つジェット機を見あげた。ターミナル・ビルの北では、高架橋上の路面が空港への進入トンネルをまたぎ、寿司詰めになった自動車は今にも我々の事故をスローモーションで再演するかに見えた。

ヘレン・レミントンはレインコートのポケットから煙草の箱を引っぱり出した。ダッシュボードのライターを探して、右手が臆病な小鳥のようにわたしの膝の上を飛びまわった。

「吸います？」太い指がセロハンをはがした。

「アシュフォードに入院中におぼえたんだけど——馬鹿みたい」

「ひどい渋滞だ――ありったけの鎮静剤を打ちたいぐらいだ」

「ひどくなる一方――あなたも気づいてたんでしょう？　アシュフォードを退院した日、何か分からないけど特別な理由があって、車が集まってきたのかと思った。いつもの十倍も車がいたような感じだった」

「本当に思っただけだったのかな」

彼女は煙草で車の内装を指した。

「まったく同じ車を買ったのね。同じ型で同じ色」

顔の傷を隠そうともせず、正面からわたしを見つめた。強い悪意の引き波が迫ってくるのを感じる。車の流れがスタンウェル交差点にさしかかった。車列に並びながら、はや彼女はセックスのあいだ、どんなふうにふるまうのだろう、と考えはじめていた。大きな口が夫のペニスをくわえるところを、尖った指先が前立腺を探して尻の谷間を這いまわるさまを思い浮かべようとした。女医は隣にとまっているタンクローリーの黄色い燃料タンクに指を伸ばした。その重たい後輪は肘からほんの十五センチほどしか離れていない。彼女がタンクの防火注意を読んでいるあいだに、引き締まった太腿とふくらはぎを盗み見た。この次にどんな男、あるいは女とセックスをするか意識しているのだろうか？　信号が変わるあいだにもペニスがうごめきはじめるのを感じる。追越車線から走行車線に乗り入れ、タンクローリーの前を走った。

高架のアーチが地平線にそびえるが、北側斜路はプラスチック工場の白い正方形に遮られていた。人の手が届かぬ角ばった建物は、わたしの心の中で、ビニールシートに押しつけられた女の太腿とふくらはぎに融け合った。はじめて出会った場所に近づいていることには気づかないまま、ヘレン・レミントンはしきりに足を組み替えて、流れ去ってゆくプラスチック工場の正面を尻目に、その白い円柱形を変化させていった。

舗装が車の下に消えていく。ドレイトン・パーク支線とのインターチェンジにさしかかった。彼女は三角窓のクローム・ピラーに身をもたせかけ、今にも煙草の灰を膝に落としそうだった。車をコントロールしようとした拍子に亀頭をハンドルの下にこすりつけた。最初、中央分離帯にぶつかった場所へ向けて車は滑ってゆく。車線境界線が斜めに解きほどかれ、遠く背後でホーンが鳴る。フロントガラスの破片は陽光にモールス信号のように輝いた。

ペニスから精液がほとばしった。車のコントロールを失い、前輪を分離帯の縁石にぶつけた。埃と吸い殻の竜巻がウィンドシールドを駆けあがる。車は追越車線からはじき出され、環状交差点をまわってきたリムジンバスに近づいた。ザーメンをじくじく漏らしながら、わたしは車をリムジンバスの後ろにつけた。小さなオーガズムのおののきが消えてゆく。

ヘレン・レミントンの手が腕にかかっていた。シートの真ん中まで寄ってきて、がっしりした肩を押しつけ、ハンドルに手を重ねていた。ホーンをけたたましく鳴らし、両脇を通り過ぎてゆく車を見ている。

「高速を下りましょう――もう少し落ち着いて運転できるから」

平屋建てが並ぶ荒れた地域に出る道に車を向けた。一時間ばかり、車のいない道路を走った。子供用の自転車とペンキ塗りの荷車がバンガローの門番だった。ヘレン・レミントンはわたしの肩に手をまわしていたが、目はサングラスに隠していた。わたしに入国管理局での仕事のことを、遺言の検認の面倒さを話した。彼女は今この車の中で何が起こったのかわかっていたのだろうか？　幾万種の車で、幾万回リハーサルを重ねた道筋で、われらの傷とわがオーガズムとの合一によって、彼女の夫の死を祝福していたことを？

8

交通量が増え、コンクリートの車線は地平線に沿って延びてゆく。キャサリンと一緒に検死審問会からの帰り、交わっている巨人のように巨大な足を相手の腰にまとわりつかせた跨線橋《こせんきょう》が頭上を通り過ぎていった。なんの儀式もなく、誰からも関心を示されないまま、事故死の評決が下りた。殺人も過失致死の容疑もかけられなかった。審問会のあと、キャサリンに空港まで乗せていってもらった。三十分ばかりキャサリンの仕事場の窓辺に座り、駐車場に並ぶ数百台の車を見下ろした。並んだルーフは金属の湖になる。キャサリンの後ろには秘書が立って、わたしが出ていくのを待っていた。キャサリンに眼鏡を渡すとき、秘書がこの死の日を皮肉にことほぐため白い口紅をつけているのが見えた。

キャサリンはロビーまでわたしを連れ出した。

「ジェイムズ、オフィスに行かなきゃだめよ――信じてちょうだい、あなたのためを思って言ってるんだから」

新しく萌え出す傷を探すかのように、気づかわしげに右肩に手をまわす。審問会のあいだ、今にも窓から吹き流されると言わんばかりに、ぎゅっと腕をつかんで放さなかった。


無愛想で居丈高な、高い市内運賃を取ることしか考えないタクシー運転手とやり合うのが嫌だったので、管制ビルの反対側まで駐車場を歩いて横切った。頭上、金属化した空をジェット機が金切り声をあげて飛んでゆく。飛行機が通り過ぎた瞬間に顔をあげると、右手百メートル先の車のあいだを歩いていくヘレン・レミントン医師の姿が見えた。

審問会のあいだ、彼女の顔の傷跡から目が離せなかった。入国管理局の入口まで、車の列を縫って落ち着いた足取りで歩いていくのを見守った。たくましい顎を小粋に傾け、ことさらにわたしの存在すべてを消そうとするかのように顔をそむけた。その瞬間、もう彼女は永遠に失われてしまったのだ、と強く感じた。

審問会の翌週、キャサリンのオフィスからの帰り道、ヘレン・レミントンはオーシャン・ターミナルのタクシー乗り場に並んでいた。声をかけて、リムジンバスの後にとめ、助手席に乗れと手招きした。こちらを認めて顔をしかめ、太い手首からハンドバッグをぶらさげて車の側に来た。

ウェスタン・アヴェニューに向かうあいだ、流れる車をぼんやりと見ていた。髪をかきあげ、治りかけた生え際の傷をむき出した。

「どこまで行きます？」

「ちょっとドライヴしましょう。これだけの車――しばらく見ていたいから」

誘っているのだろうか？　事務的な口調から、わたしが開示した可能性はすでに検討済みなのだと推測した。駐車場のコンクリートエプロンから、パーキング・タワーの屋上から、感傷に曇らされない澄んだまなざしで、夫の死をもたらしたテクノロジーをしっかり見つめていた。

無理矢理快活を装って話しはじめた。

「昨日、一時間ばかりタクシーを走らせてもらおうとしたんです。『どこでもいいから』と言って。それがガード下で渋滞に巻き込まれて。結局五十メートルも動かなかったんじゃないかしら。運転手はこれっぽっちもいらつかない」

空港のサービス・ビルとフェンスを左手に見ながら、ウェスタン・アヴェニューを走った。走行車線を走りつづけ、ルーム・ミラーに高速のアーチが消えていった。ヘレンは、はやくも計画しはじめている第二の人生のことを喋った。

「道路交通研究所が医学者を探してるんですって——サラリーは悪くないし、こうなってはそのことも考えないと。実利主義にもそれなりの美徳があるし」

「道路交通研究所……」とわたしはおうむがえしした。自動車事故のシミュレーション・フィルムが、よくテレビのドキュメンタリー番組でかかっていた。不具となった機械は奇妙な哀愁を漂わせた。

「でも、それはちょっと近すぎる……」

「だからこそよ。今ならこれまでまったく気づいてなかったものを伝えられるし。義務でもないし、責任もないけれど」

十五分後、高架に向かって戻ろうとするとき、彼女はわたしの隣に座り、もう一度衝突針路へ向かってハンドルを切る手をじっと見つめていた。

穏やかに好奇心をたたえた、こちらをどう利用しようかと思い惑っているかのような視線が、空港西の貯水池群を縫う忘れられた側道に車をとめたときに浮かんだ。腕を肩にまわすと、誰にともなくかすかに微笑み、ひきつった上唇から金をかぶせた糸切り歯がのぞく。唇を合わせ、光沢を放つパステル・カラーのリップコートをへこませ、女の手が三角窓のクローム・ピラーに伸びるのを見つめた。なめらかなクロームの窓枠をさする指の動きに見ほれ、むき出して傷ひとつない上歯の象牙質に唇をつけた。クローム・ピラーの表面には不満をためた生産ラインの労働者が青ペンキの染みを残していた。人指し指の爪が金細工線を引っかいた。ウィンドウ・ピラーは窓枠から、三メートル先にある用水路のコンクリート護岸の斜角と正確に同じ傾きで立ち上がっていた。わたしの目の中で、その視差は堤防の水際、錆色に染まった草地に乗り捨てられた車のイメージと融合した。唇で目のまわりをなぞるとき、目から流れ落ちる雲母水は、見捨てられた車のすべての憂鬱、漏れてゆくエンジン・オイルとラジエータ冷却液の寄せあつめなのだ。

五百メートル後方、高速の車線で待たされている車のあいだでは、午後の陽光がリムジンバスやタクシーのウィンドウに交差する。ヘレンの太腿の外側を動きまわる手が、開いているドレスのファスナーを探り当てた。尖ったファスナーの歯がてのひらにひっかかったとき、耳に彼女の歯を感じた。その鋭い痛みはあの事故の瞬間、フロントガラスに噛まれたときと同じだった。ヘレンは足を広げ、わたしは股間を覆うナイロンのメッシュ、生真面目な女医の陰部にかかった潤沢なベールを愛撫した。顔をのぞき込み、すべてをむさぼり尽くそうと喘ぐ口を見ながら、胸のあたりに手をやった。事故で混乱した怪我人のようにうわごとをつぶやいている。右の乳房をブラジャーから引き出し、熱い乳首を指に押しつけた。両乳房にキスを返し、勃起した乳首に歯をたてる。

ガラスと金属とビニールで作ったあずまやに女医の肉体によって囚われていた。ヘレンは手をシャツにいれ、乳首を探った。その指をとって、ペニスへ導く。ルーム・ミラーに近づいてくる水運搬の保守トラックが映った。埃とディーゼルの排気をぶつけてドアをゆるがせ、脇を通り過ぎていった。興奮でペニスから先走りがしみ出した。十分後、トラックが戻ってきて、窓の振動でオーガズムが呼び起こされる。ヘレンは膝をついて上に乗り、頭を挟むように肘をめり込ませた。わたしは仰向けに寝て、強く臭うビニールを背中に熱く感じる。両手でスカートを腰までたくしあげ、ヒップの曲線をむき出した。ゆっくりと身体を引き寄せ、ペニスをクリトリスにこすりつけた。ヘレンの肉体の構成要素、肘の先にある角張った膝小僧、ブラジャーからはみ出した右の乳房、下乳に残る小さな潰瘍の跡、そのすべてが車室の中に囚われていた。亀頭を子宮の入口まで押し込むと、そこに生命持たぬもの、ペッサリーを感じた。車室を見まわした。この狭い空間に押し込まれた、角張ったダッシュボードと丸みを帯びた人体とが未知の交差点で相互作用をくりかえす。まるでアポロ月着陸船内での最初のホモ・セックスのように。ヒップにかかるヘレンの太腿の重み、肩に食い込む左手の拳、わたしの口に吸いつく唇、薬指でさぐりあてたアヌスのかたちと湿り、そのすべてをおおう慈愛深きテクノロジーの目録——ダッシュボードの鋳抜きのビナクル、ハンドルを包むでこぼこの甲皮、ハンドブレーキの派出なピストル・グリップ。シートの温かいビニールを撫で、それからヘレンの蟻の門渡り、湿った回廊に手を伸ばした。彼女の手が右の睾丸を握りしめた。周囲を取り囲む積層プラスチックの洗浄した無煙炭色は、陰門の入口で二つに分かれる恥毛と同じ色あいだった。二人をくるむ車室はセックスが造り出した機械、血と精液とエンジン冷却液から生まれたホムンクルスのようだった。肛門に入り込んだ指が、ヴァギナに包まれたペニスの竿を探りあてた。舌でさぐる粘液まみれの鼻の隔膜《かくまく》にも似た肉ひだが、ダッシュボードのガラス・ダイヤルに、ウィンドシールドの無窮の曲面に映っていた。

ヘレンが左肩に歯をたて、口のスタンプを押すように血がシャツににじんだ。反射的に、わたしは平手で彼女をはたいた。

「ごめんなさい！　動かないで、お願い！」息をのんで顔を見つめ、ペニスをもう一度ヴァギナへ導いた。両手で女の腰を支え、オーガズムに向けて激しく動く。上からヘレン・レミントンが、患者を蘇生させようとするかのように、真剣な顔で見下ろしている。口のまわりの光沢は朝露に曇るウィンドシールドのようだった。ヘレンは下半身を激しく打ちつけて恥骨同士をぶつけ、反り返ってダッシュボードに背をつけた。ランドローバーがゴトゴトと音をたて、窓に埃を撒きかけて通り過ぎていった。

車が去るとヘレンはペニスから身を離し、ザーメンが下腹にしたたった。濡れた亀頭を握ったまま、ハンドルの前に座った。コンパートメントをぐるりと見まわし、二人の性行為に役立てられそうな場所を探すようだった。夕陽に照らされる治りかけた顔の傷は、占領地内の秘密の戦線のように、秘められた動機を明るみに出す。力づけてやりたくて、左の乳房をブラジャーから引き出し、柔らかく揉んだ。おなじみの幾何形態に刺激され、計器パネルに象眼された宝石を、ハンドルをおおうゴムの凹凸を、クローム製のコントロール・スイッチを見つめた。

背後の側道にパトカーがあらわれ、窪みと轍に白い車体を揺らして近づいてきた。ヘレンは身を起こし、しなやかな手で乳房をもぎはなした。すばやく身繕いしてコンパクトで化粧をなおす。始まったときと同じくらい唐突に、むさぼるような性欲から身を離していた。

だがしかし、ヘレン・レミントンはあきらかにこうしたらしからぬ行為、さまざまな側道に、袋小路に、真夜中の駐車場にとめたわたしの車のせま苦しいコンパートメントでのセックスのことはなんとも思っていなかった。それから数週のあいだ、ノートルトの借家に拾いに行ったとき、あるいは空港の入国管理局事務所の来客受付で待っているときには、結核をわずらうパキスタン人の泣き言に辛抱強く耳を傾ける、白衣を着た慈愛深き女医と性的関係にあるとは、自分でもとうてい信じられなかった。

奇妙なことに、情事はいつもわたしの車の中だった。ヘレンの借家の広い寝室ではわたしは勃起すらしなかったし、彼女もよそよそしく、口うるさくなって、くだくだと仕事の愚痴をこぼすのだ。だが車に乗り、混み合った車線を走り出せば、見えもせず、見られもしない観客の前で性欲が沸きおこってくる。回を重ねるごとに、ヘレンはわたし自身とわたしの肉体を優しく慈しむようになり、わたしの恋情を鎮めようとさえした。くりかえすセックスにより、二人は彼女の夫の死を再現し、その姿をヴァギナの中に、金属とビニールの車室において口と太腿、乳首と舌のなす幾百の角度として種づけようとしていたのだ。

孤独な女医との頻繁な情事にキャサリンが気づくのを待っていたが、不思議なことに、キャサリンは、ヘレン・レミントンにはおざなりな関心しか向けなかった。彼女は再び結婚生活に専心していた。事故の前、我々の性生活はほとんど抽象的なものとなり、わずかに空想のゲームと倒錯によって命をつないでいた。朝起きると、彼女は精巧な機械のように同じ動作をくりかえす。カラスの行水のシャワー、夜の内にたまった小便を便器に排出する、ペッサリーを取り出し、ワセリンをつけて再挿入する（昼休みの情事はどこで、どうやっているのか、お相手はパイロットか、航空会社の重役なのか?）。コーヒーをいれるあいだ、ラジオからはニュースが流れる……。

今ではすべては過去のことになり、まだほのかな、しかし育ちつつある優しさと愛情が取って代わった。遅刻するのも気にせずベッドにへばりつく彼女を抱きしめ、ヘレン・レミントン博士とセックスを交わした車のことを考えるだけで、わたしはたやすくオーガズムに達するのだった。

9

楽しい乱交パーティつきの温かな幕間劇は、高速道路の悪夢天使、ロバート・ヴォーンの再登場によって終わりをつげた。

キャサリンはパリで航空会議に出席するため、三日ばかり留守にしていた。わたしは好奇心に駆られ、ヘレンを誘ってノートルト競技場へストックカー・レースを見に行った。シェパートンで撮影中のエリザベス・テイラーの映画で仕事をしているスタント・ドライバーが「地獄のドライビング」を披露することになっていた。引き取り手のないチケットがオフィスとスタジオに積んであった。殺した男の妻との逢引に反発していたレナタは、たぶん皮肉のつもりだろうが、ペアでチケットをくれた。

ヘレンと並んでがらがらのスタンドに座り、オプション装備をはぎとったセダンが競走用トラックでぐるぐる追いかけっこしているのをただ待っていた。退屈した観客はサッカー場のフェンスにへばりついて眺めていた。アナウンサーの絶叫が頭上を谺して消えてゆく。レースが終わるたび、ドライバーの妻たちが気のない歓声をあげた。

ヘレンは、腕をわたしの腰にまわし、肩に頭をもたせていた。中途半端なマフラーから漏れる、耳をつんざく轟音で表情が死んでいた。

「不思議ね――もっと人気のあるものだと思ってたのに」

「ただで本物が見られるんだから、しようがない」黄色いプログラム紙を指さした。

「この次が面白そうだ――『驚くべき大路上事故ショウ』」

トラックはかたづけられ、白い杭が交差点をかたどって打たれた。スタジアムの中では、銀鋲打ちジャケットを着た大柄な男が、オイルをてかてか光らせてドアのない車の運転席に縛りつけられていた。染めた金髪を肩まで伸ばし、頭の後ろに緋色の布で束ねている。蒼白い顔に浮かぶ険しい表情は、仕事にあぶれ飢えたサーカス団員のものだった。男はスタジオで働くスタントマンのひとりで、シーグレイヴという元レーシング・ドライバーだった。

五台の車が事故の再現に参加していた——再演されるのは昨夏七人の死者を出した環状北線での多重衝突事故だった。車がスタート位置へ散らばるあいだ、アナウンサーは観客の関心をつなぎとめようとする。アンプから流れるアナウンスの断片が、空っぽのスタンドを、逃げ道を探しているかのように跳ねまわっていた。

コンバット・ジャケットを着た背の高いカメラマンを指さした。シーグレイヴの車の周囲を飛びまわり、素通しのウィンドシールド越しに、エンジンのうなり声に負けない大声で怒鳴りつけていた。

「またヴォーンだ。病院で話してたろう」

「写真家なのかしら?」

「特殊な種類だけどね」

「てっきり、事故研究家かと思った。事故のこと、本当にしつこく訊くんだもの」

今、ヴォーンはスタジアムで映画監督の役回りを演じているらしかった。まるでシーグレイヴが主演スターで、自分の評価がかかっている新人であるかのように、ウィンドシールド・ピラーに身を乗り出し、押しつけるような手ぶりで暴力と衝突の新しい振りつけを描いてみせていた。シーグレイヴはリラックスし、ハンドルの傾斜とシートベルトを調節するあいだヴォーンがさしのべるマリファナ煙草をふかしていた。偽ブロンドの髪にスタジアム中の関心が集まる。シーグレイヴの運転する車が標的となり、横滑りしたトラックに撃ち出されて四台の対向車の針路に放り出されるのだとアナウンスが場内に告げたためだ。

ヴォーンは車から離れ、わたしたちの後ろにある解説者席に走っていった。やや沈黙があって、勝ち誇ったような声がアナウンスした。シーグレイヴは一番の親友に横滑りトラックの運転を頼んだのだ。ドラマチックなだめ押しも観客を沸かすにはいたらなかったが、ヴォーンは満足げだった。傷のある唇、堅い口元は通路を下りてくるあいだ、おどけた微笑に割れていた。ヘレン・レミントンと並んでいるわたしを見ると、闘技場の病的なスペクタクルの常連同士でもあるかのように手を振った。

二十分後、ヴォーンのリンカーンの後ろにとめた自分の車に座り、脳震盪を起こしたシーグレイヴが駐車場を運ばれていくのを見ていた。事故の再演は大失敗だった——横滑りしたトラックにぶつけられた瞬間、シーグレイヴの車は牛の角にまっすぐ突っ込んでいった近視の闘牛士のように、フェンダーに釘づけされてしまった。トラックは車を五十メートル運んで対向するセダンに叩きつけた。激しい直接衝突を目の当たりにして、観客全員、わたしとヘレンも立ちあがった。

ヴォーンただひとりが動じなかった。驚愕したドライバーが運転席から飛び出し、シーグレイヴを助け出そうと集まってくるのを尻目に、ヴォーンは機敏に競技場を横切り、断固たる態度でヘレン・レミントンをさし招いた。わたしも後を追ったが、ヴォーンはこちらを無視して、むらがるメカニックと野次馬をかき分けてヘレンを導いていった。

シーグレイヴはどうにかひとりで立ちあがり、油にまみれた手を銀色のオーバーオールでぬぐい、数十センチ先の空をつかむように、よろよろと歩いてみせたが、ヴォーンはノートルト総合病院まで同行するようにヘレンを説得した。走り出すと、尾灯を光らせたヴォーンの汚いリンカーンについていくのはひと仕事だった。リアシートのヘレンの隣に沈み込んだシーグレイヴを乗せ、ヴォーンは窓から腕を出し、手でルーフを叩きながら、夜の空気の中を突き抜けていった。片手運転で、わたしがどこまでついていけるか試していたのだろう。信号では、こちらが近づいてくるのをルーム・ミラーで見ておいて、黄色に変わった瞬間にスピードをあげて走り去る。ノートルト陸橋を渡るあたりは制限速度をはるかに超え、平然と走行車線からパトカーを追い抜き去った。パトカーの運転手はパッシングしようとしたが、シーグレイヴの頭に巻かれた血痕に似た緋色の布と、後ろを必死で追うわたしのヘッドライトを見て躊躇した。

陸橋を渡りコンクリートの道を行き、空港近郊の住宅地である西ノートルト地区を抜けていった。ワイヤー・フェンスで小さな庭をしきった平屋建ての家が並ぶ。一帯には航空会社の平職員、駐車場の係員、ウェイトレスや元スチュワーデスといった面々が住んでいた。ほとんどが夜間勤務で、日が落ちるまで午後いっぱいは寝ている。人のいない通りに面した窓にはみなカーテンが引かれていた。

病院の入口へ折れていった。ヴォーンは外来用駐車場を無視して、強引に外科棟入口に車をまわし、顧問医師用の空きスペースにどしんととめた。運転席から飛び出し、ヘレンをさし招く。シーグレイヴは、金髪をなでつけながらおそるおそる降りてきた。まだ平衡感覚を取り戻しておらず、大きな体をウィンドウ・ピラーにもたせかけている。焦点のさだまらぬ目と傷だらけの頭を見て、脳震盪はこれがはじめてではなく、過去に何度もくりかえしているのだとわかった。油まみれの手で唾をぬぐい、さしのべるヴォーンの手にすがりついて、よろめきながらヘレンに続いて外科受付の扉をくぐった。

わたしたちは外で戻りを待った。闇の中、ヴォーンは車のフードに腰をおろし、ヘッドライトのビームを腿で遮っていた。落ちつきなく立ちあがり、夜間の見舞い客が向ける好奇の目にも昂然と頭をもたげ、車の周囲を睥睨《へいげい》した。並んでとめた自分の車から見やると、今この瞬間も、ヴォーンは、名もなき通行者の助けを借りて自分を劇化しようとしており、まるで見えないテレビカメラにポーズを取るかのように、スポットライトの中から動かなかった。俳優の苛立ちは衝動的な動作からもあきらかで、その焦れかたでこちらの反応をも封じていた。すり減った白のテニス・シューズで、跳ねるような歩き方で車のバックにまわり、トランクを開けた。理学療法科へ通じるガラス・ドアにヘッドライトが反射してまぶしく、わたしは車を降りて、トランクに詰め込まれたカメラとフラッシュをかきまわすヴォーンを眺めていた。ピストル・グリップのムービーカメラを選び出すとトランクを閉めて、片足を黒いアスファルトに置き、ポーズをつけて運転席に座った。

助手席のドアを開いた。

「来たまえ、バラードー──どうやらレミントンのお嬢ちゃんが思っているより、長くかかりそうだ」

ヴォーンと並んで、リンカーンの助手席に座った。ヴォーンはカメラのファインダーをのぞき込んで、外科病棟の入口にパンしていく。事故車の写真が泥まみれのフロアに散乱していた。ヴォーンの尻と腿の奇妙な姿勢に心がとらわれた。まるで計器パネルに性器を突き通そうとしているかのようだった。カメラをのぞくヴォーンの腿は張りつめ、力がこもって尻がすぼまった。瞬間、わたしは手を伸ばして男根をつかみ、七色のダイヤルにその亀頭を押しつける誘惑に駆られた。ヴォーンのたくましい足がアクセルを踏み込む場面を思い浮かべた。ザーメンの雫は儀式化したインターバルで、コンクリートの路面をカーブしながら振れてゆく針に合わせてスピードメーターにしたたる。

この最初の夜から一年後に死を迎えるまで、わたしはヴォーンとつきあいつづけたが、二人の関係はこの何分間か、外科病棟の駐車場でヘレン・レミントンとシーグレイヴが出てくるのを待っているあいだに定まった。彼の隣に座っているうちに、敵意がある種服従に、卑屈とさえ言えそうな感情に変わってゆくのを感じていた。ヴォーンが車を扱うやり方は、行動すべての基調音を定めていた——めまぐるしく変化する攻撃性、無関心、感じやすさ、ぎこちなさ、没入、そして暴力。リンカーンのギアボックスからは二速のギアがもぎとられていた——シーグレイヴとのレース中だった、とヴォーンはあとで説明した。しばしば、ウェスタン・アヴェニューの追越車線に並び、時速二十キロでゆっくりと傷ついた変速器がスピードを蓄えるのを待った。ヴォーンは対麻痺《ついまひ》患者のまねもした。障害者用の特別ハンドルが装備されてでもいるかのように、おぼつかなげにハンドルをふりまわし、信号で停まったタクシーにぐんぐん迫っていくあいだも足は力なくぶらさがっているだけだ。最後の瞬間に車は急ブレーキでとまり、それまでの運転そのものを嘲笑する。

女性に対するふるまいも、同じ強迫的ゲームの中にあった。ヘレン・レミントンに対しては、たいていはぶっきらぼうに皮肉っぽく話した。だが時には愛情こめ、うやまってでもいるかのように、空港ホテルのトイレでくだくだしくわたしに問いつづける。ヘレンはひょっとしてシーグレイヴの妻か子供、それともひょっとして彼自身を診たことはないのだろうか。それからふと気が変わると仕事についても医師としての能力も取るに足らないものとみなす。二人が情事を交わしたあとですら、ヴォーンの気分は愛情から長々しい退屈の呪文へと変わった。ハンドルの前に座り、入管の玄関からまっすぐこちらに歩いてくるヘレンを待ち受けるまなざしは、夢の傷を冷たく賛美しているのだ。

ヴォーンはムービーカメラをハンドルの縁に押し入れた。リラックスして大きく足を開き股間の位置を直していた。生白い腕と胸、わたしと同じように傷の残る肌のせいで身体は不健康な、車のインテリアのすり切れたビニールにも似た金属的光沢を放っていた。のみの削り痕のような肌に引っかかれた無意味な殴り書きは、押しつぶされたコンパートメントの鋭い抱擁が、折れたチェンジレバー、駐車灯スイッチ、割れた計器ダイヤルのかけらが刻んだ楔形《せっけい》文字だった。ひとつにまとまれば、それは正確に苦痛と感動、エロティシズムと欲望の言葉を描き出す。ヘッドライトの反射が、右乳首を半円状に取り囲む五つの傷、乳房をつかむ手を導く指示を照らし出す。

外科病棟のトイレで、小便器に並んで放尿した。ここにも傷があるのだろうか、とわたしはペニスをのぞき込んだ。人差し指と中指でつまんだ男根には、垂れた精液や粘液のかすを流す運河のような鋭い刻み目があった。事故車のどの部分がペニスにしるしを残し、クロームの計器の突起とオーガズムとはどんな婚姻を結んだのだろうか？　ヴォーンに続いて、まばらな見舞い客のあいだを縫い、車まで歩いて戻るあいだこの傷のぞくぞくするような興奮がわたしの心を満たしていた。わずかに斜めになった傷は、リンカーンのウィンドシールド・ピラーの傾斜とともに、わが心のオープンスペースを縫って走る曲がりくねったヴォーンの強迫の通廊を表現しているのだった。

10

頭上はるか、高速の路肩に沿って、渋滞につかまった自動車のヘッドライトは、夕空を照らし出すランタンとなって地平線を照らす。左手三百五十メートル先の滑走路から、飛行機は不安げなエンジンに吊りあげられて暗い空に上がっていった。金網の向こう側、伸び放題の芝生には金属柱が長い列になっていた。一面の着陸誘導灯はネオンきらめく大都会の街角とみまがうばかりだ。ヴォーンの車を追って、人気《ひとけ》のない側道に入った。空港南の建設区画、航空会社職員向けの四階建てアパート、建設中のホテルやガソリンスタンドが並ぶ街灯もない一角を抜けていった。泥の海にすっくと建ったがらんどうのスーパーマーケットの前を通り過ぎる。路肩の建築用砂利の小山が、ヴォーンのヘッドライトを浴びて白く浮かびあがった。

遠い街灯の列が、トランジットと娯楽施設との境界だった。境界線のすぐ外、スタンウェルへの西進入路は、解体業者、廃車置き場、小さな自動車修理店、板金工らの世界になっていた。故障車を積みあげた二階建てトレーラーの横を通過した。シーグレイヴはヴォーンの車の後部座席で身を起こした。疲れ果てた脳味噌におなじみの刺激が届いたらしい。病院からの帰途、シーグレイヴはリア・ウィンドウにもたれかかったままで、脱色した金髪はわたしのヘッドライトを浴びてナイロン織物のように輝いていた。ヘレン・レミントンはぴったり横に座り、ときおりこちらを振り向いた。あきらかにヴォーンに妙な意図があるのではと疑っていたのだろう、ヘレンはシーグレイヴを家まで送ると言い張ったのだ。

シーグレイヴのガレージ兼販売所の前庭へと曲がっていった。ホットロッドや改造車専門の修理屋という商売は短かった栄光のレーシング・ドライバー時代には今よりはいくらか繁盛していたのだろう。埃をかぶったショールームのガラスごしに、三〇年代、ブルックランズ競技場時代のレーシング・カーのグラスファイバー製レプリカと、そのシートに押し込まれ日焼けした旗布が見えた。

一件が片づくまで待っていようと考えて、ヘレン・レミントンとヴォーンが、シーグレイヴを居間まで連れてゆくのを眺めていた。シーグレイヴは、しばし自分の家がそれとわからない様子で、安い合皮の家具をうつろに見つめた。シーグレイヴがソファに身を沈めた横で、その妻はヘレンに対していきどおっていた。まるで医者であるからには患者の症状に責任があるかのように。にもかかわらず、ヴェラ・シーグレイヴはヴォーンを完全に免責していた――わたしにもじきにわかったのだから、彼女はとうに知っていたはずだ――ヴォーンはあからさまに彼女の夫を実験動物扱いしていたのだが。ヴェラは端整な顔立ちの、三十がらみの落ちつきない女性で、アフロ風のかつらをかぶっていた。小さな子供が足のあいだからこちらをのぞいていた。不遠慮な指が二筋の傷、ミニスカートから突き出た母親の太腿をさすっている。

ヴォーンは、しばらくヘレン・レミントンを詰問するヴェラ・シーグレイヴの腰を軽く抱いていたが、すぐに向かい合ったツインのソファに座っている三人組に近寄った。一人は、ヴォーンの最初の番組を作ったTVプロデューサーで、うなずきながら事故の描写を聞いていたが、吸っていたハシッシに酔っているせいで――甘く濃い煙は部屋を斜めにただよっていった――どうしても番組企画にまとめられなかった。隣には痩せた顔つきの娘が座り、次の一本を巻いていた。女が銀紙の上で樹脂の小さな塊を転がしていると、ヴォーンが尻ポケットから真鍮のライターを差し出した。ハシッシが温まると、膝のマリファナ巻き機に広げた煙草にふりかけた。女はスタンウェルの児童福祉局で働くソーシャル・ワーカーであり、ヴェラ・シーグレイヴの古い友人だった。

女の足にはガス壊疽らしき痕があり、膝がかすかに丸くへこんでいた。わたしが膝を見つめているのに気づいたが、足を閉じようとはしなかった。ソファの隣にはクロームの金属杖があった。体を動かした拍子に、両足の内側を支えている外科金属クランプが見えた。まったく姿勢の変わらない腰にも、その種の脊椎装具をつけていたのだろう。機械から煙草をつまみ出すと、あからさまにうさんくさそうにこちらを見た。おそらく、その敵意は、わたしだけが、ヴォーンやシーグレイヴ夫婦と違って、事故に遭ったことがないと思ったからだった。

ヘレン・レミントンがわたしの手に触れた。

「シーグレイヴが――」と、手足をだらりと伸ばしたブロンド男を指さして言った。ようやく回復し、赤ん坊と楽しげにたわむれている。

「明日、スタジオでカー・スタントをすると言うの。やめさせてちょうだい」

「奥さんに言うほうが。それともヴォーンか――あの男が仕切ってるようだが」

「彼にはまかせておけないわ」

ＴＶプロデューサーが呼びかけた。

「シーグレイヴは女優をみんな吹き替えてるんだ。あのきれいなブロンドでね。黒髪だったらどうするんだい、シーグレイヴ」

シーグレイヴは息子のちっぽけなペニスを指で弾いた。

「ケツにぶち込んでやれ。ハシッシふりかけて、きゅっと締まった座薬に巻いて、家に叩っ返す。一回のご旅行で二度トリップとくらあ」脂ぎった手をしげしげと眺めた。

「まったく、一度でいいからあの女どもを押し込めてやりたいね、オレが運転する車に。どうだい、ヴォーン？」

「いずれはな」スタントマンを見下ろすヴォーンの声には、思いがけない尊敬がこもっていた。

「いずれは」

「例のちゃっちいプロテクターをつけてやってな」ヴォーンから雑に巻かれた煙草を手渡され、

口にくわえた。煙を肺にため、積みあげられた廃車の山を見やった。

「ヴォーン、見えるか？　高速道路の玉突きでさ。最高にかっこよく空転決めるのがさ。それとも、びっちり正面衝突にするか。そんな夢を見る。あんた向きの奴だよ、ヴォーン」

励まそうとするヴォーンの微笑みは、無機的なしかめ面だった。

「もちろん、そうだな。誰からはじめようか？」

シーグレイヴは煙の向こうでニヤリとした。落ちつかせようとする妻を無視し、ヴォーンと真っ向から目を向き合わせた。

「もちろん決まってるさ……」

「かもね」

「……でっかいおっぱいがダッシュボードに叩きつぶされるんだ」

突然、主導権をシーグレイヴに奪われるのを恐れるかのように、ヴォーンは背を向けた。口元と額の傷のせいで、ヴォーンの顔からは通常の感情は消し去られていた。反対側のソファに目を向けると、TVプロデューサーと不具の娘ガブリエルが煙草をまわしていた。

車に戻ってヘレンを待つことにして、背を向けた。ヴォーンは外まで追ってきた。力強い手で腕を掴まれた。

「まだ帰るな、バラード。手伝ってほしいことがある」

周囲を眺めわたすヴォーンを見ていると、彼が我々全員を支配し、みながもっとも望み、もっとも恐れていることをさせようとしているのを感じた。

後をついていくと、暗室に出た。部屋の真ん中へさし招くと、ヴォーンはドアを閉じた。自信ありげに部屋を指し示す。

「バラード、これは新しい計画だ。今制作中のテレビのミニ・シリーズは、その副産物なんだ」

「英国物理研究所《NPL》を辞めたのか？」

「もちろん——これは非常に重要な計画なんだ」かかわりを断とうとするかのように首を振った。

「政府の大研究所には、まだこの手のものを扱う準備はできていない。心理学的にも、それ以外の点でもね」

何百枚もの写真が壁にピンで留めてあり、作業台の琺瑯《ほうろう》製のバットのあいだに散らばっていた。引き伸ばし機のまわりにはハーフサイズのプリントや、現像したが使いものにならずに捨てた写真が散らばっていた。ヴォーンが中央のテーブルをひっかきまわし、革装のアルバムページをめくっていくあいだ、足元に広がる写真を見おろした。ほとんどが高速で事故をおこし、野次馬や警察に囲まれた乗用車や大型車の衝撃でへこんだラジエータ・グリルとウィンドシールドの生々しい正面クローズアップ写真だった。たいていは走っている車の中から揺れる手で写しており、走り去るカメラマンに怒り狂う警官や救急隊員の輪郭がにじんでいる。

一瞥しただけではその中には人間の姿は認められなかったが、窓の脇、金属製流し台の上に、大きく引き伸ばした六人の中年女の写真が貼ってあった。どれもがあまりにヴェラ・シーグレイヴに、その二十年後にありうべき姿に似ているのにショックを受けた。肩にフォックス・ファーを巻いた裕福な実業家の妻らしき女から、更年期のスーパーのレジ打ち、ギャバの金モールの制服を着たでぶの座席案内嬢までさまざまだ。他の写真と違い、この六枚だけは十分注意を払い、ウィンドシールドや回転ドアの中までズームで追って撮ったものだった。

ヴォーンはでたらめにアルバムを開いてこちらによこした。ドアに背をもたれて、わたしが卓上ライトをいじくる様子を眺めている。

最初の三十ページは衝突事故、入院、回復期ロマンスの記録だった。今シーグレイヴ家の居間でソファに座り、煙草を巻いている若きソーシャル・ワーカー、ガブリエルのものである。偶然にも、ガブリエルの小型スポーツカーと空港リムジンバスが衝突したのは、わたし自身の事故現場からも遠からぬ空港インターへの入口だった。顎の尖った顔は皮膚が雪崩をおこしたようにたるみ、油に汚れたシートに仰向けに寝ている。つぶれた車のまわりに、警官、救急隊員、野次馬の輪ができている。最初の写真では、手前の消防隊員が、切開用具を手に右のウィンドシールド・ピラーにとりついていた。女の怪我はまだはっきり見えてこない。トーチを手にした消防士を見あげる無表情な顔は、何か奇妙な性行為を待っているかのようだった。続く写真では、顔をおおい隠すあざがあらわれはじめる。第二の人格の輪郭、中年期も終わりかけてはじめて明るみに出る、精神の内に隠された顔の予告編として。大きな口を囲む端整なあざのラインは衝撃的だった。不吉な陰影は不幸な情事を重ねた自己中心的なオールドミスのようだった。やがて腕や肩にさらなるあざ、ハンドルや計器パネルの痕があらわれてきた。愛人たちに、ますます抽象化してゆく絶望から、さまざまの異様な道具によって打たれた痕のようだった。

背後で、ヴォーンはまだドアにもたれて立っていた。こんなにリラックスした姿は見たことがなかった。わたしがアルバムに没頭しているせいで、なぜかいつもの狂騒的な活動がおとなしくなっていた。ページをめくった。ヴォーンはさる若い女性にまつわる精妙な写真コレクションをまとめあげていた。女性がリムジンバスの尻に滑り込んだ直後に通りかかったものらしい。ヴァリグ・ブラジル航空の驚いた乗客たちがリア・ウィンドウに顔を並べる前で、つぶれたスポーツカーから運び出された女性は、眼下の張り出しに刻まれたタブロー彫刻のようだった。

次の写真は女性が車から運び出されるところで、白いスカートは血でべったり汚れていた。消防士に運転席の血だまりから抱きあげられ、うつろな顔を腕にあずける様子は、小羊の血を満たした洗礼盤に身をひたす、南部カルトの狂信者のようだった。無帽のパトカー運転手が担架の持ち手を握り、角ばった顎は女の左太腿に押しのけられていた。その二つのあいだには、股間の暗い三角形がある。

　続く数ページは、廃車置き場に運ばれたひしゃげたスポーツカーを写し、運転席と助手席に残された血痕のクローズアップを見せる。ヴォーン本人が登場して、ぴったりしたジーンズの股間を巨大なペニスでふくらませ、車を見下ろすバイロン風ポーズをとった写真もあった。

　最後の数枚では、女性は金属製の車椅子に座り、シャクナゲの植え込みに遮られた回復施設の芝生で友人につき添われ、きらびやかな車を駆って射的会に向かい、そして最後に身障者用自動車運転のはじめてのレッスンを受ける。ペダル操作の複雑なブレーキやギアと格闘する姿を見るうちに、事故からの回復の過程で、悲劇的負傷によってこの女がどれほど変化したのかがわかってきた。最初の写真で事故車に横たわっていたのはどこにでもいる若い娘であり、その左右対称な顔とたるんだ肌が、おとなしく快適な生活を、身体の真の可能性を追求することなく、大衆車のリアシートで軽いたわむれを楽しむだけの生活経済を綴り出していた。中年福祉局員の車に座りながら、自分たちの性器と様式化された計器パネルとの交差点にも、事故の瞬間にはじめて明らかになるエロティシズムとファンタジーの幾何学にも、膝と恥骨にもりあがった肉の上で旋回する熾烈《しれつ》な婚姻にも気づかないままの女の姿が想像された。心地よい性夢を見ていたこの陽気な娘は、叩きつぶされたスポーツカーの歪んだコックピットの中で生まれ変わった。三ヵ月後、新しい障害者仕様の車で、理学療法士の隣に座った彼女は、クロームのレバーを太い指でしっかと、まるで自分のクリトリスの延長であるかのように握りしめている。

訳知り顔の目は、不自由な足にはさまれた空間が、つねに筋肉質の若者の視線を浴びていることを十分意識しているように見えた。男の目は、ギア・レバーを動かしては潤む、恥骨をおおう湿地をさまよった。ひしゃげたスポーツカーの車体が、彼女を自由な、倒錯したセックスの生き物へと変え、ねじくれた隔壁と漏れたエンジン冷却液のしたたりの中にあるゆる逸脱したセックスの可能性が解放されたのだ。不自由な太腿と役立たずのふくらはぎは魅惑的な倒錯のモデルだった。窓越しにヴォーンのカメラを見返す狡猾なまなざしは、ヴォーンの真の興味さえはっきり見抜いていた。ハンドルとアクセル・ペダルに置いた手の位置、自分の胸を指し示す血色の悪い指は、様式化した手淫儀式の一部だった。かみ合わない平面の組み合わせからできた意志の強そうな顔は、車の変形した車体パネルを模倣しているようだった。計器パネルのねじくれたビナクルが、用意された墜落行為のカタログ、もうひとつのセックスへの鍵となるのだと知っているのだろうか。裸電球の下で写真を見つめた。考えるより先に、自分が撮るだろう彼女の想像上の写真を思い浮かべる。さまざまの性行為において、滑車や架台や複雑な機械部品で足を吊る。若々しい理学療法士をいざなって、身体の新たなパラメータを探らせる、そして新しい性的技能を、複雑化する二十世紀テクノロジーが生み出した熟練技術の正確なアナロジーを見いだす。オーガズムの瞬間の脊髄外筋を、細い太腿に立つ逆毛を思いながら、写真に写った製造者エンブレム、ウィンドウ・ピラーの輪郭線を見つめた。

ヴォーンは静かにドアにもたれていた。わたしはページをめくった。アルバムの残りは、予想通りわたしの事故と回復を描くものだった。一枚目、アシュフォード病院の救急外科に運び込まれる姿を写した写真を見て、ヴォーンがそこでわたしを待っていたことを知った。あとからわかったが、ヴォーンは車載のＶＨＦラジオで救急無線を傍受していたのだ。

続く写真はわたしよりもヴォーンの記録と言うべきだったろう。被写体よりも撮影者の固着と心象風景をはるかに正確に表現していたからだ。ベッドに寝ているわたしを、開いた窓ごしにズームレンズで狙った入院中の、そのころ思っていたよりはるかに包帯におおわれた写真を除くと、背景はいつも同じだった――自動車――空港を囲むハイウェイを走り、陸橋上の渋滞につかまり、袋小路や恋人小路に駐車する。ヴォーンは警察の廃車置き場から空港の送迎エリアまで、高層駐車場からヘレン・レミントンの家までわたしを追いかけていた。粗い粒子のプリントを見つめていると、まるでわたしは全生涯を自動車の近くで送っているかのようにさえ見えてきた。ヴォーンのこちらへの興味は最小限に限定されていた。彼が関心を持っていたのは四十歳のＴＶＣＭプロデューサーの行動ではなく、無名の一個人と自動車との相互関係、磨きあげたラッカー塗りのパネルとビニールシート上での身体の変容、計器パネルに映る顔のシルエットであった。

写真記録の主題がはっきり見えてくるのは、わたしが事故から回復しはじめてからだった。自動車とそこから生まれるテクノロジカル・ランドスケープに媒介されたわたしと妻、レナタ、ヘレン・レミントン医師との関係。粒子の粗い写真には、傷ついた身体で事故以来はじめての性的遭遇へとにじりよるあやうい歩みがとらえられていた。妻のスポーツカーのギアをくぐって伸びてゆくわが手、クロームのチェンジレバーに押さえつけられた前腕の凸み、白い太腿とくっつくあざのある手首。感覚の戻らない唇をレナタの左乳首に寄せ、乳房をブラから引き出すとき、髪が窓敷居に落ちかかる。黒いセダンの座席で、ヘレン・レミントンが上にまたがり、スカートを腰までたぐりあげ、傷の残る膝をビニールシートにつっぱって、ヴァギナにペニスを迎え入れんとする。計器パネルの傾きが、曇ったダイヤルを我らの幸せな性器からしたたる水滴にも似た楕円に変える。

ヴォーンは肩の後ろに、目をかけている生徒を見守る指導教官のように立っていた。わたしがレナタの胸にしゃぶりついている写真に見いっていると身を乗り出してきたが、見ているのはわたしとは別の場所だった。エンジン・オイルで汚れた、割れた親指の爪先で指さしたのは、クロームの窓敷居と、ぎりぎりまで伸びた娘のブラジャーのストラップとの交差点だった。写真のいたずらで、二つはからみあって金属とナイロンのパチンコに変わり、そこから弾き出された歪んだ乳首が私の口にすっぽりおさまったようにも見えた。

ヴォーンの顔には表情がなかった。幼年時代にできたおできが、首筋のあばた群島となって残っていた。白いジーンズから、鼻をつくが決して不快ではない、ザーメンとエンジン冷却液の混ざったような臭いがただよってきた。写真をどんどん繰ってゆき、合間合間に異様なカメラ・アングルを強調するようにアルバムを傾けてみせた。

ヴォーンが目の前でアルバムを閉じた。自分の生活を侵害されたことに抗議する気にもならず、怒りも湧いてこないのは何故だろうと考えた。すべての感情や不安から超然としたヴォーンの態度が、はやくも効果を出していたのだろう。あるいはわたしの潜在的な同性愛志向が、暴力とセックスを映し出すヴォーンの写真によって精神の表層に浮かびあがってきたためかもしれない。不具の娘の歪んだ肉体が、事故車の歪んだ車体と同様に、まったく新しいセックスの地平をひらいた。わたしは自分の事故を肯定してくれるものを求めていたが、ヴォーンはそれを表現していた。

すらりと伸びる太腿と堅く締まった尻を見下ろした。ヴォーンとの男色行為がどんなに肉体的なものだろうと、そこにはエロスの次元は存在しなかった。だが、存在しないからこそ、ヴォーンとのセックスは可能だったのだ。バックシートに身体を横たえ、肛門にペニスを差し込む行為は、ヴォーンの写真記録のように様式化され、抽象化されたものになるだろう。

ほろ酔いのTVディレクターがドアロに立ち、湿った煙草を指先でほぐしていた。

「ヴォーン、巻いてくれないか？　シーグレイヴがぐちゃぐちゃにしちまった」脇腹の裂け目から吸おうと無駄な努力をしてから、こちらに会釈した。

「どうだい、指令本部は？　なんせ、ヴォーンにかかると、なんでも犯罪になっちまうからな」

ヴォーンは油を差していたカメラの三脚を置き、てのひらに落ちたハシッシの粒をふりかけ、慣れた手つきで煙草を巻き戻した。傷のある唇から、爬虫類のようにちらっと舌を伸ばして紙を湿した。鼻孔へ煙が吸い込まれてゆく。

窓際のテーブルに現像したての写真があった。写っていたのはお馴染みの女優の顔、ロンドンのホテル前でリムジンから降りるところをとらえたものだった。

「エリザベス・テイラー――彼女を追いかけてるのか？」

「これからだよ。バラード、彼女に会わなきゃならん」

「それもきみの計画かい？　彼女が役立つかどうかは疑問だな」

ヴォーンは足をひきずりながら部屋を歩きまわった。

「今、シェパートンのスタジオで仕事をしてる。フォードのCMで使ってるんだろう？」

ヴォーンは返答を待っていた。どんな言い訳も通用しないだろう。シーグレイヴのおぞましい脳震盪ファンタジーに思いをやり――映画女優にスタント・カーでの衝突を強いる――わたしは何も答えなかった。

顔面をよぎるすべての思いを見届けて、ヴォーンは戸口へ背を向けた。

「レミントン博士を呼んでこよう――その件はまたいずれな、バラード」

こちらをなだめるつもりなのか、手垢まみれのデンマーク製ポルノ雑誌をひとつかみ放ってよこした。

「これでも見てみるといい――プロの仕事だよ。レミントンと二人で楽しみたまえ」

ガブリエルとヴェラ・シーグレイヴ、そしてヘレンは庭にいて、三人の話し声は空港から離陸する飛行機の轟音にかき消された。ガブリエルが中央を、教養学校式姿勢のパロディを演じるかのように、足に拘束具をつけて歩いていた。白い肌が琥珀色の街灯を反射する。ヘレンが左肘を支え、膝まである草の中を優しく導いていた。突然、わたしは思い出した。ヘレン・レミントンとあれほどの時間を共に過ごしながら、一度も死んだ夫の話はしなかった。

雑誌のカラー写真に目を落とす。どれも、さまざまな型の自動車を中心に据えたものだった──静かな草地にとめたアメリカ製コンバーチブルをとりかこんだ、若いカップルたちの牧歌的な性宴。メルセデスのリアシートで秘書と裸でむつみあう中年実業家。路傍のピクニックに出かけ服をぬがせ合うホモたち。二階建ての車輛運搬トラックで、縄でつないだ車のあいだを出たり入ったりしながらくりひろげる、ティーンエイジャーたちのモーター駆動の乱交パーティ。そしてその写真すべての中に、計器パネルと放熱孔のぎらつき、太腿と腹の柔らかな肉が照り返すつや出しビニールの光沢、キャビンの奥まった箇所から萌えだす恥毛があった。

ヴォーンは黄色い肘掛け椅子に座ってわたしを見ていた。シーグレイヴは子供と遊んでいる。シャツのボタンをはずして、堅い肉を乳房に似せて寄せ集め、乳首を子供の口にあてた。それを見る、超然とした、しかし真剣なまなざしを、今もわたしは覚えている。

11

　ヴォーンと、わが事故を記録する写真アルバムとの出会いは、夢のトラウマの記憶を甦らせた。一週間後、地下ガレージへ下りていったが、どうしてもシェパートンのスタジオに車を向けることができなかった。まるで夜のあいだに車が決まった方向を向く日本製のおもちゃになったか、わたしの頭のように、空港の高架橋だけを指し示す強力なジャイロスコープを装備しているかのようだった。

　キャサリンが飛行教習に出かけるのを待つあいだ、わたしは高速道路に車を乗り出し、すぐに渋滞につかまった。とまった車の列は水平線まで延び、ロンドンから西、南へ延びる車で塞がった高架道に合流する。じりじり前へ進んでゆくと、自宅のアパートが視野に入ってきた。居間に通じるバルコニーの手すりごしに、こみいった用事をこなしてゆくキャサリンの姿、二、三本の電話に応対し、メモに何かを書きつける姿がはっきりと見えた。不思議と、彼女はわたしを模倣しているように見えた――キャサリンが出かけたらすぐに、わたしは開けっ放しのバルコニーに戻り、回復期のポーズを取り戻すだろう。このときにはじめて、空白のアパート壁面中段、そこに座った包帯姿は、渋滞に巻き込まれた幾万台のドライバーの目にとまっていたはずだと気づいた。みながその正体に思いをめぐらしていただろう。まるで悪夢から生まれたトーテムのように映ったに違いない。道路事故で回復不能の脳損傷を受けて、家から一歩も出られない魯鈍が、毎朝自分の死の儀式を見に窓辺にあらわれるのだと。

車はのろのろとウェスタン・アヴェニューの入口へ進んでいった。ガラスのカーテンウォールの高層マンション群に遮られて、キャサリンの姿は見えなくなった。出勤する車の列は、蝿がたゆたう陽光の中に横たわっていた。奇妙なことに、わたしはほとんど不安を感じなかった。深い危険の予感、これまで自動車道への周遊旅行ではつねに信号機のように頭上にぶらさがっていた予兆はきれいに消え去っていた。どこか近く、あの渋滞した幹線路の中にいるヴォーンという男が、きたるべき最終自動車戦争を解く鍵は必ず見つけ出せる、と教えてくれたのだ。彼が撮ったセックスの写真、ラジエータ・グリルと計器パネルの接写、肘とクロームの窓敷居とが、外陰と計器ビナクルとが交差する写真が描き出すのは、ますます増えてゆく人造物によって創り出される新しい論理の可能性、煽情と蓋然性との新しい結びつきの記号であった。

ヴォーンは恐ろしい存在だった。容赦なくシーグレイヴを利用し、パンチドランカーと化したスタント・ドライバーの暴力幻想につけこんで食い物にした冷淡さから思えば、なんのためらいもなく自分の周囲すべてを徹底的に利用しつくすだろう。

ウェスタン・アヴェニューのインターチェンジに近づいてきたのでスピードをあげ、それから最初の右折路を、ドレイトン・パーク方面に北向きに折れた。逆立ちしたガラスの棺桶のように、空にアパートがのしかかってくるところ、一心に地下ガレージへと車を駆った。アパートに戻るとイライラ歩きまわって、キャサリンが電話を受けて書いたメモ用紙を探した。愛人から受け取るメッセージすべてを奪い取りたかった。嫉妬からではなく、その情事が、ヴォーンのたくらみと偶然に交差する可能性があるからだった。

キャサリンはあいかわらずわたしに愛情深く、寛大だった。ヘレン・レミントンに会うように勧めつづけるので、しまいに、あいまいな婦人病的悩みについての、レズビアン風味をこめた無料相談を受けるための土壌づくりでもしているのかと思えてきた――彼女が親しくしている国際線パイロットは、どうやら、ヘレン・レミントンの職場を追い立てられてゆく脅えた移民たちよりも、よっぽどたくさん病気を抱えているらしかった。

ヴォーンを探し、午前中は空港への進入路を流した。ウェスタン・アヴェニュー沿いのガソリンスタンドの駐車帯から対向車を見張った。オーシャン・ターミナルの展望台に張りつき、到着するポップ・スターや政治家を追ってヴォーンがあらわれないかと待ちつづけた。

はるかな高架橋の上、遮るもののない道路を車がのろのろ動いていた。どういうわけか、かつてキャサリンが、想像しうるあらゆる性交の体位を一度はこの世で試さない限り、決して満足しはしない、と言ったことを思い出した。このコンクリートと構造鉄鋼の結接点のどこかで、方向指示器と支線道路と、資産と消費とが細密な信号を送り合う風景の中に、伝令者ヴォーンは、クロームの窓枠に傷跡のある肘をのせ、汚れたフロントガラスの後ろで暴力とセックスの夢を見ながらハイウェイを流しているのだ。

　ヴォーンを見つけるのはあきらめ、シェパートンのスタジオに向かった。入口を大型のレッカー車がふさいでいた。運転手が身を乗り出し、二人の守衛に怒鳴っている。トラックの荷台に載っているのは黒いシトロエン・パラスのセダン車で、正面衝突のために長いボンネットがひしゃげていた。

「恐ろしい機械」車をとめたところへ、レナタがやってきた。

「ジェイムズ、あなたが注文したの？」

「テイラーの映画用だ。午後に、衝突シーンを撮る」

「彼女があの車を運転するの？　冗談じゃないわ」

「運転するのは別の車だ――あれは衝突後のシーンに使う」

　その午後遅く、わたしはガブリエルの不具の肉体を思いながら、メイク係の肩ごしに、押しつぶされたシトロエンのハンドルを握って座る映画女優の、限りなく魅力的でありながら人を寄せつけぬ姿態を見下ろしていた。慎み深く遠巻きに見ている照明や録音の技師は、本物の事故に集まった野次馬のようだった。人をなごますユーモアのセンスを持つ垢抜けたメイクアップの娘は――あの外科病棟の看護婦たちとはまるで違い、ある意味正反対の存在だった――もう一時間以上、怪我のメイクを作っていた。

女優は運転席でじっと動かず、額からまっ赤なケープのように垂れ落ちる入念な血のレース模様を仕上げる最後の一筆を待っていた。小さな手と上腕は偽傷の青い影に染まっている。早くも事故の犠牲者のポーズにならい、指は弱々しく膝に落ちた洋紅色の塗装に触れ、太腿はわずかに浮いてビニールのシート・カバーに飛び散った粘液から身を引くかのようだった。何を触っているのかもわからない様子で、うわのそらにハンドルに手を伸ばすのを見つめた。

バックルでとまった計器パネルの下、ダッシュボードに埃をかぶったスウェードの婦人用手袋が入っていた。死化粧をして座る女優は、この自動車を押しつぶした事故で死んだ、本当の犠牲者のことを心に思い描いていただろうか——中流家庭のフランスかぶれの主婦か、それともエア・フランスのスチュワーデスだろうか？　本能的に傷ついた女の姿態をまね、魅惑的な身体のうちにあたり前の事故の負傷、記憶にも残らない血痕と縫合を変容させたのだろうか？　傷ついた車に座り、彼女は信徒たちの血で清められた神殿に立つ女神のように見えた。六メートルも離れ、録音技師の脇に立っていても、女優の唯一無比の身体と精神の輪郭によって、ひしゃげた車が変容していくのが感じられた。地面で左足を休めると、その膝をよけるように、ドア・ピラーがダッシュボード金具もろとも変形する。車全体が彼女を包み込むように歪み、オマージュを捧げているかのようだった。

録音技師が振り向く拍子に、わたしの肘に集音マイクをぶつけた。あやまられていると、今度は制服を着た守衛に押しのけられた。オープン・セットに作ったインターチェンジの反対側で揉め事がおきている。若いアメリカ人アシスタント・プロデューサーが、レザー・ジャケットを着た黒髪の男と言い争い、カメラを取り上げようとしていた。陽光がズームレンズに反射して、それがヴォーンだとわかった。二台目のシトロエンのルーフにもたれ、プロデューサーを睨みながら傷の残る手で追い払う。その隣ではシーグレイヴがボンネットに座っていた。金髪を頭上でまとめ、ジーンズの上に女物の薄黄色のスウェードのドライビング・コートを着ていた。赤いとっくりセーターの下には、たっぷり詰め物をしたブラジャーをして、大きな乳房を作っていた。

すでにシーグレイヴは女優に似せたメイクをしており、マスカラとパンケーキで蒼白い肌を暗くしていた。のっぺりした女顔の仮面はかの女優の悪夢的なパロディのようで、女優本人がこの瞬間顔にまとっていた化粧の傷より、はるかに不吉な印象を与えた。金髪にかつらをかぶり、女優と同じ服を着たシーグレイヴが無傷のシトロエンを運転し、恋人役のマネキンを載せた三台目の自動車と衝突することになるらしかった。

グロテスクな仮面をかぶってヴォーンを見つめるシーグレイヴは、すでにこの衝突で、どこかに見えない傷を負っているように見えた。口紅と輝く目、頭のてっぺんに丸くまとめた染め金髪のため、まるで酔っ払ったところを閨房から引きずり出された老いた服装倒錯者のように見えた。ヴォーンを見る目には恨みのような感情が浮かんでいた。毎日女優のパロディを強いられるのにうんざりしているかのように。

結局、ヴォーンはカメラを渡さないまま、アシスタント・プロデューサーと守衛を丸め込んでしまった。シーグレイヴに目配せすると傷のある口元をゆがめて笑い、制作オフィスの方へ寄り道してきた。わたしが近づくと、手招きして即座に一座に加えた。

後ろでは、はやヴォーンに忘れ去られたシーグレイヴが、気狂い魔女よろしくシトロエンに座っていた。

「彼は大丈夫かい？　シーグレイヴを撮っておくべきだったな」

「撮ったとも――もちろん」ヴォーンはヒップの右にカメラを吊るしていた。白のレザー・ジャケットを着た姿は、背教の科学者というよりはハンサムな役者に見えた。

「もう運転できるのか」

「まっすぐ前にならね」

「ヴォーン、早く医者に診せなきゃ」

「そんなことをしたら、すべてが台なしだ。そもそも時間がもったいない。ヘレン・レミントンが診ているし」ヴォーンはセットに背を向けた。

「彼女は道路交通研究所に勤めるそうだよ。一週間ほどすると、公開日がある――みんなで行くとしよう」

「その手のどんちゃん騒ぎは一番御免こうむりたいところだな」
「いや、バラード――きみはきっと楽しむさ。ここがシリーズの勘どころだからね」
そして大股で駐車場へ歩いていった。

虚構と現実の強力な混乱は、病的というより不吉な、映画女優を装ったシーグレイヴの姿に結実し、午後じゅうわたしの心を悩ませ、さらには拾いに寄ってくれたキャサリンに対する反応にも影をさした。

キャサリンは楽しげにレナタと話していたが、すぐに壁に貼ってあった、制作中のディーラーCMに出てくる、カスタム・メイドのスポーツカーやデラックスなセダンを写したカラー写真に目を奪われた。エンブレムをひけらかすテール・フィンとラジエータ・グリルのポートレート、ボディとウィンドシールドの曲線、目にあやなパステルとアクリル・カラーのエアブラシに魅了されたようだった。レナタをからかう陽気な調子に驚かされた。二人の若い編集マンが粗編集をしている編集室に連れていった。きっとキャサリンも納得しただろう。この視覚コンテキストにあっては、レナタとのあいだに何らかのエロティックな交差が生まれるのは避けがたいことであり、もしこのオフィスに一人残され、フェンダー機構の設計図と輪郭写真に囲まれて仕事をするなら、彼女自身、二人の若い編集者はおろか、おそらくはレナタとでさえも性的関係を結ぶに違いないのだ。

日中、キャサリンはロンドン市内にいた。車の中で、彼女の手首は香りを奏でる鍵盤楽器となった。わたしが最初キャサリンに感嘆したのは、まず何よりも傷ひとつない清潔さ、みずからエレガントな身体の一平方センチも逃さず洗い上げ、すべての毛穴に風を通したかのごとき清潔さだった。陶磁器のような顔、美しい女性の顔をした実演モデルのごとき入念すぎる化粧のせいで、彼女のアイデンティティはすべてみせかけなのではないかと思われるときもあった。この若く美しい女性、アングルの絵画の完璧な模造品を作りあげた幼年期を思い描いてみることもあった。

そうした受動性、どんな状況をも受け入れる性質に、わたしはそもそも魅きつけられたのだ。空港ホテルの名もなき部屋でのはじめてのセックスのときに、身体のすべての孔を調べつくそう、とわたしは思った。歯茎に指を、牛肉のほんの小さなかけらでも残っていないかと走らせ、耳に舌を、パラフィンの残り味でもしないかと差し込み、鼻孔とへそを調べ、そして最後に陰門と肛門を。だが、人差し指を根元まで差し込んでも、糞便のかすかな匂いもつかず、爪の先が茶色に染まることもないだろう。

それぞれの車で帰宅した。高速北線進入路の信号待ちで、ハンドルで手を休めるキャサリンを見やった。右手の人差し指で、ウィンドシールドにこびりついた古い粘着シールをはがしている。横で待ちながら、ブレーキ・ペダルを踏むたびにこすれ合う太腿を見つめていた。

ウェスタン・アヴェニューを走りながら、彼女の体でコンパートメントを愛撫したいと思った。心の中で、湿った性器をむき出しのパネルと計器パネルにこすりつけ、乳房をやさしくドア・ピラーと三角窓で押しつぶし、アヌスでビニールのシート・カバーにゆっくりと螺旋《らせん》を描き、小さな手を計器ダイヤルと窓枠に導く。彼女の粘膜と乗用車、わが金属の肉体との交差点は、スピードをあげて追い越してゆく車に祝福された。無限の倒錯行為のからみ合いがキャサリンの戴冠式となるのだ。

夢想にふけっていたため、気づいたときには、ヴォーンが駆るリンカーンのへこんだフェンダーが、キャサリンのスポーツカーの後ろ一メートル足らずに迫っていた。ヴォーンはわたしの前ににじり出て、ミスをおかすのを待つかのように、走りながら車間をつめた。驚いたキャサリンは隣車線にいたリムジンバスの前に逃げ込んだ。ヴォーンはバスと並走しながら、ホーンとヘッドライトで車間を開けさせ、またキャサリンの後ろに割り込んだ。わたしは中央レーンを走って、追い越しざまヴォーンに怒鳴ったが、彼はヘッドライトをキャサリンのリア・フェンダーに反射させ、合図を送っていた。反射的に、キャサリンは小さな車をまわしてガソリンスタンドに滑り込んだ。ヴォーンは大まわりのUターンを強いられた。タイヤをきしませて分離帯をまわり込んだところで、わたしが前を塞いだ。

キャサリンは興奮して、緋色の燃料ポンプのあいだに車をとめ、ヴォーンを見つめまばたきした。追いつこうとふんばったせいで、足と胸の傷が痛かった。車から踏み出し、道路を渡ってヴォーンの方に歩いていった。近づいていくわたしを、まるで見知らぬ者のように眺め、傷を持つ口でガムを嚙みながら、空港から飛び立つ飛行機に目を向けた。

「ヴォーン、ここはスタント会場じゃないんだぞ」

ヴォーンは片手でなだめるような仕草をした。ギアをバックにいれる。

「彼女だって楽しんでたさ、バラード。お近づきの挨拶がわりだよ。訊ねてみたまえ」

大きな弧を描いてバックし、逃げるスタンド員をあわや轢き殺しかけたのち、はじまりつつある帰宅ラッシュの中に消えていった。

12

ヴォーンは正しかった。キャサリンの性的ファンタジーはますますヴォーンにまつわるものになっていった。夜には、ベッドに二人並んで横たわり、ターミナル・ビルのロビーを通ってわたしたちを追いかけてきたヴォーン自身のひそみに倣って、昔なじみのパートナーたちからなる神殿を通り抜けてヴォーンに近づいていった。

「ハシッシが足りないわ」キャサリンは窓の外を流れてゆくヘッドライトを見あげた。

「どうして、シーグレイヴは映画女優にこだわってるの？　衝突したがってるんでしょ？」

「ヴォーンが吹き込んだんだ。シーグレイヴを実験材料にしてるんだよ」

「奥さんは？」

「ヴォーンのあやつり人形さ」

「じゃあ、あなたは？」

　キャサリンはわたしに背を向け、尻を股間に押しつけていた。ペニスを動かすついでに、傷跡が残るわがへその先、人形のように完璧な臀部の谷間を眺めた。乳房を両手にとらえると、腕時計が肋骨に押さえられて手首にめりこむ。キャサリンの受け身は見せかけだった。長い経験から、これもまたエロチックな幻想への前奏曲、あらたにセックスの源泉から汲み出した、遠まわしでゆっくりした考察なのだとわかっていた。

「あやつられてるかって？　いや。だけど、あいつの本当の狙いはどうもよくわからない」

「写真を撮られたのはかまわないってこと？　利用されてるみたいに思えるけど」

　わたしはキャサリンの右乳首をいじりはじめた。まだその気分ではなかったらしく、妻はわたしの手を乳房の下に導いた。

「ヴォーンは人を引き寄せる。TVタレントらしさが染みついているんだ」

「哀れな男。あんな娘に手を出して――まだ子供なのに」

「やっぱり最後はそこか。ヴォーンはセックスには興味ない、テクノロジーだけだ」

　キャサリンは顔を枕に埋めた。集中しようとするときのおなじみの姿勢だった。

「ヴォーンが好き？」

ふたたび手を乳首に戻し、勃起するまで弄んだ。ペニスに尻が押しつけられた。声は低く、かすれていた。

「どういう意味で？」

「魅力的なんでしょ？」

「何かがあるんだ。あの男のオブセッションには」

「悪趣味な車、運転の仕方、あの孤独。車でファックしたたくさんの女。車は、きっとザーメンの匂いがする……」

「するとも」

「彼に魅かれる？」

ヴァギナからペニスを抜き、亀頭をアヌスに押し当てた。が、キャサリンの手がすばやく性器へと戻した。

「顔色だって悪いし、傷だらけだ」

「でも、ファックしたいんでしょう？　あの車の中で？」

わたしは動きを止め、津波のように男根を駆けあがってくるオーガズムを押しとどめようとした。

「いや。だけど、あいつには何かがある。運転するときには」

「セックスよ——セックスとあの車だけ。彼のペニスは見た？」

ヴォーンの身体を描写しながら、二人の身体がたてる音に消されそうな、自分の細い声を聞いている。心の中でヴォーンのイメージを作りあげている要素を挙げていった。車から出ようと尻をついて体をまわすとき張りつめる着古したジーンズ、それに包まれた締まった臀部。ハンドルを握って、股間の三角形までも見せそうな、土気色をした下腹の肌。濡れたズボンの股ごしにハンドルを押しあげる半立ちのペニスの角。尖った鼻からつまみあげ、ドア・パネルのくぼんだビニールになすりつける鼻糞のかけら。ライターを手渡されたとき、左手の薬指にあった化膿。すり切れた青いTシャツを通してホーン・スイッチに触れる堅い乳首。シートに残る精液の跡をひっかく割れた爪。

「割礼してるの？　アヌスがどんなだか想像できる？　教えてちょうだい」

わたしはさらに描写を、自分にではなくキャサリンのためにつづけた。顔を深く枕にうずめ、右手は狂乱のダンスを演じ、わたしの指に乳首をあやつらせる。ヴォーンとのセックスには興奮したが、一方でどこか自分ではない誰か他人のセックスを描写しているような感じがあった。ヴォーンが潜在的なホモセクシャルの衝動を呼び起こすのは、車に同乗しているとき、ハイウエイを並走するときだけだった。彼の魅力は、通常の解剖学的刺激の連《つら》なり——むき出しの胸の曲線、柔らかな尻の肉づき、陰毛がふちどる陰部——ではなく、ヴォーンと車が二人で作りあげるポーズの様式美にあった。自動車、とりわけエンブレムだらけの高速車抜きではヴォーンはなんの魅力も持たなかった。

「彼のおかまを掘りたい？　ペニスをアヌスに差し込んで、肛門を突きあげたい？　教えて、話してちょうだい。あなたなら何をするか。車の中でどんなキスをするの？　手を伸ばしてチャックを開けて、ペニスを取り出すところを話して。唇を触れるだけ、それともすぐに呑み込む？　どっちの手で握りしめるの？　ペニスを吸ったことはある？」

キャサリンはファンタジーを奪いとった。今、ヴォーンの隣に寝ているのはわたしだろうか、それとも彼女のほうだろうか？

「……ザーメンの味は知ってる？　味わったことはある？　塩味だっていろいろなのよ。ヴォーンのはきっと塩っからい……」

顔を隠すブロンドの髪を、オーガズムに向かって蹴りあげるヒップを見おろした。キャサリンがわたしの男色を夢想するのはこれがはじめてだったが、その夢の濃密さにはたじろがされた。オーガズムに達して、歓喜のおののきに身を震わせた。手を伸ばして抱きしめようとしたが、キャサリンは身をひるがえしてうつ伏せに顔を埋め、ヴァギナから精液をしたたり落とし、そしてベッドから降りてさっさと浴室に消えた。

翌週ずっと、キャサリンはさかりのついた雌猫のように、空港の出発ラウンジをうろついていた。ヴォーンの倒錯した視線を浴びる彼女の姿を自分の車から見つめていると、下半身がうずき、ペニスがハンドルを突きあげるのが感じられた。

13

「いった?」

蘇生させようと手を尽くした患者に対するように、おぼつかなげな手で、ヘレン・レミントンは肩に触れた。バックシートにもたれているわたしの横で、彼女はてきぱきと服を身につけ、デパートのウィンドウ装飾家がマネキンに衣装をつけるような手つきでスカートを直した。

道路交通研究所に向かう途中、空港西の貯水池に寄っていこうと誘った。先週のうちに、ヘレンは、事故のこともわたしのことも、もはやさだかではない過去に属するものであるかのように、わたしに関心をなくしてしまった。近親者を亡くしたあと、多くの人が経験する乱交期に入ろうとしているのだ。二台の車同士の衝突、夫の死が、ヘレンの新たなセックスへの鍵となった。夫が死んでからの一ヵ月間、ヘレンはその場かぎりの情事をつづけていった。手とヴァギナに男たちの性器を受け入れることでなぜかその夫が甦り、子宮の中で混じり合うすべての精液が、うすれゆく死者のイメージを心に受胎させるとでも言わんばかりに。

わたしと最初にセックスした次の日には、もうアシュフォード医院の新参病理学者を次の恋人に選んでいた。それからは次々と男を乗り替えてゆく。同僚の女医の夫、放射線技師の訓練生、駐車場の管理人。平静な声で情事を説明されるうち、いずれも自動車がらみであるのに気づいた。いつも自動車の中、空港のパーキング・タワーか、夜、近所のガソリンスタンドの注油区画か、それとも北環状線近くの待避車線で。まるで車の存在だけがセックスに意味を与える唯一の要素であるかのように。おそらく、なんらかのかたちで、夫の死に一役買った自動車が、ヘレンの肉体の新たな可能性を再創造しているのだ。車の中でしか、ヘレンはオーガズムに達せなかった。ある夜、ノートルト高層駐車場の最上階に並んで横たわったとき、敵意と欲求不満の爆発に、彼女の身は固まった。手を恥部の暗い三角形にのせると、湿った恥毛は暗闇で銀色に輝いた。ヘレンは腕をもぎ離し、車のルーフをにらみつけた。はだけた胸を、ガラスと金属のナイフで作った罠で切り裂こうとするかのように。

陽光を浴びる人気《ひとけ》のない貯水池は海底に広がる透明な世界のようだった。ヘレンは窓を巻きあげ、離陸する飛行機の騒音を閉め出した。

「もうここへは来ない——どこか、別の場所をお探しなさい」

わたしもやはり興奮が萎えるのを感じていた。ヴォーンに監視され、姿態と裸の身体をカメラにおさめられていないと、わたしのオーガズムはうつろで不毛な行為となり、細胞を無駄に吐き出すだけだった。

ヘレンの車のコンパートメント、堅いクロームとビニールが、わが精液によって甦り、異国の花が咲き乱れる花壇となる図を思い描いた。天井灯には蔦が絡まり、フロアとシートは湿った苔でおおわれる。

空いた高速道路でスピードをあげてゆくヘレンを横目で見やり、突然、彼女を傷つけてやりたい、と思った。もう一度、夫の死のルートをたどりなおさせようか——そうすれば、なんであれわたしと死者に抱いているエロティックな敵意に火がともり、性的欲求も戻るだろう。研究所のゲートを通されるあいだ、ヘレンはハンドルに身を乗り出し、細い腕は奇妙な姿勢を取っていた。ウィンドシールド・ピラーやハンドル支持角と身体とがぎこちない幾何図形をなし、あの若い不具女ガブリエルをまねてみせているかのようにも見えた。

車で埋まった駐車場から実験場まで歩いた。ヘレンは出迎えた研究者と、政府が計画中の横転防止棒取りつけの法制化について論じはじめた。損傷を受けた車がコンクリートの路面に二列に並んでいた。つぶれた車体に座るプラスチックのマネキンは顔や胸に衝突でできたヒビを走らせ、頭蓋骨と下腹部の負傷部位をカラー・パネルに記している。ヘレンは、素通しのフロント・ウィンドウごしに、治療したい患者を見るような目でマネキンを眺めていた。小粋なスーツで帽子に花を差す見学者の中をすり抜けてゆくとき、ヘレンは破れた窓から手をさし込み、プラスチックの腕と頭を愛撫するのだった。

夢のごとき論理が、この日の午後を支配していた。明るい昼下がりの陽射しを浴びて、数百人の訪問客はマネキンの顔を身にまとうが、その実セダンとバイクの正面衝突で、運転手と乗客の役割を演じるプラスチック人形ほどの現実性も持ち合わせていない。

現実遊離感、自身の肉と骨とが非現実であるような感覚は、ヴォーンが登場してさらに強まった。正面で、技術者たちがバイクを台に固定し、鋼鉄のレールを走らせ、六十メートル先のセダンに真っ正面からぶつけようとしていた。測定用コイルが双方の車からテーブルに載った記録機器まで延びていた。ムービーカメラも二台、一台はレール際に据えつけられて衝突の瞬間を狙い、もう一台は頭上のイントレから見下ろしている。ビデオ機材ははや再生をはじめ、自動車のエンジン・コンパートメントにつないだセンサーを技術者たちが調整する姿を小さなモニターに映し出していた。四人からなるマネキン一家が車に座り——夫、妻、二人の子供——頭、胸、足からコイルが延びていた。すでに、負う予定の傷は身体に記されている。洋紅色とスミレ色で描かれた複雑な幾何図形は顔面と胸部に分布している。技術者は運転席に座るマネキンに最後の調整を加え、両手を基本通りに十時十分の位置に置いた。司会の主任研究員が、拡声器を通して衝突実験を見に来た客に歓迎の言葉を述べたのち、冗談めかして乗客を紹介した。

「チャーリーとグレタが二人の子供、ショーンとブリジッテを連れてドライヴに行くところです……」

レールの反対側では、バイクの準備をする技術者たちの小グループが、レール上を移動する架台から下げるカメラを固定していた。見学者たち——政府の役人、安全技術者、交通専門家とその妻たち——がレース場の観客よろしく、衝突地点あたりに集合していた。

ヴォーンが駐車場から、片足を引きずりながら大股に歩いてくると、全員が顔をまわし、黒いジャケットを着た男がオートバイに近づくのを眺めた。そのままバイクにまたがり、レールを走り出すのをわたしはなかば期待して見ていた。口と額の傷が刀傷のように威風を払った。そこまできてためらい、技術者たちがプラスチックのバイク乗り——名前は「エルヴィス」——をマシンに載せるのを眺め、それからヘレン・レミントンとわたしに手を振って、こちらに歩いてきた。どこか挑戦的な目で観客を見やる。わたしはまたしてもヴォーンの奇妙な矛盾に強く印象づけられた。個人的執着、自身のカタストロフ宇宙にすっかり隔離されながら、同時に、外世界からのどんな刺激にも開かれていた。

見学者をかき分けてヴォーンが近づいてきた。右手には広報資料と道交研のパンフをつかんでいる。最前列に座っていたヘレンが顔をあげると、肩ごしにのぞき込んだ。

「シーグレイヴには会ったたか」

「ここに来るのか?」

「今朝、ヴェラから電話があった」ヴォーンは顔をこちらに向け、握ったパンフレットを指で叩きながら言った。

「バラード、プリントはみんなもらっておいたほうがいい。『乗員射出のメカニズム』、『衝突衝撃における人間顔面の耐性』……」技術者が全員テスト車から離れるのを確認するようにうなずき、小声でつけ加えた。

「道交研の事故シミュレーション技術は実に進んでいる。このセットを使えば、マンスフィールドやカミュの事故も、ケネディのだって、いつでも再現できる」

「ここでは、事故を減らすための研究をしているんだ。増やすためじゃない」

「それは見方によりけりだな」

アナウンスが観客に静粛を命じた。衝突テストが始まろうとしていた。ヴォーンはもうこちらのことは忘れ、双眼鏡を握ったまま、忍耐強い窃視者のように、眠ったように動かずただ前を見つめていた。右手を紙ばさみに隠し、ズボンの上からペニスをいじっていた。根元をきつく、亀頭がほころびから突き出さんばかりに握りしめ、人差し指で包皮を剝いている。そのあいだずっと目は衝突針路を、何ひとつ見逃さぬよう行きつ戻りつしていた。

カタパルトを動かす電気ウインチが、レールに音を響かせて、ケーブルを張りあげはじめた。ヴォーンの股間が忙しくなってきた。実験の責任者がオートバイから後じさり、カタパルト脇に立つ助手へ合図した。ヴォーンは目の前の車へと注意を移した。四人のプラスチック製乗客は、教会に出かける日のように行儀よく座っている。ヴォーンがこわばった顔を紅潮させて振り向き、肩ごしにわたしがちゃんと参加しているかを確かめた。

大きく身震いして、オートバイはレールを走り出した。線路のあいだでケーブルがガラガラ鳴った。吹きつける風に顎をもたげ、マネキンのライダーは見事に乗りこなしていた。カミカゼ攻撃のパイロットよろしく、手はハンドルに縛りつけられ、豊かな胸には計測装置が貼りついている。正面には、同じく無表情な四人のマネキン一家が座っていた。その顔には秘密のシンボルが記されている。

鞭の鳴るような耳障りな音、測定用コイルがレール脇の草をなぎ払ってゆく音が聞こえてきた。バイクがセダンの前面に衝突し、猛烈な金属爆発が巻きおこった。二台の車は横滑りして、あわてる観客の方向に飛んできた。わたしはバランスを崩し、思わずヴォーンの肩につかまった。オートバイとライダーは車のボンネットを滑りあがってウィンドシールドにぶつかり、黒い塊になってルーフをのりこえた。自動車の方は太索で三メートル引き戻された。レールをまたいで止まる。ボンネット、ウィンドシールド、ルーフは衝撃でひしゃげていた。中では家族が折り重なって倒れ、前に座った首なしの女性は砕け散ったガラス片のベッドに横たわっていた。

技術者たちは見学者を落ちつかせるように手をふり、車の四十メートル先で横倒しになったオートバイの方へ歩いていった。バイク乗りの身体のかけらを拾い集め、脇の下に足や頭を抱えた。顔や肩に積もったファイバーガラスの破片は、テスト車近くの草原に銀の雪、死の紙吹雪となって舞い散った。

またしても拡声器が観客に呼びかけた。何と言っているのか聞こうとしたが、頭が意味を伝えてくれなかった。この事故実験の醜怪で暴力的な衝突、金属と安全ガラスの奏でる歓喜の歌、ゆっくりと高価な工作物が破壊されてゆくさまに、わたしの頭は酔っていた。

ヘレン・レミントンが腕を取った。わたしに向かって、精神的ハードルを乗り越えたばかりの子供をあやすように、微笑んだ。

「もう一度、ビデオで見られるわ。スローモーションでね」

架台に向かって動き出した見学者たちのあいだに会話が戻ってきた。わたしは振り向き、ヴォーンが来るのを待ちうけた。彼はそのまま座席に立ちつくし、いまだ壊れた車から目を離せないでいた。ベルトの下、股間を精液が暗く湿らせていた。

かすかな笑みを浮かべて去っていったヘレン・レミントンを無視して、わたしはヴォーンと向かい合ったが、言葉は出てこなかった。衝突車と、ばらばらのマネキンと、むき出しになったヴォーンのセックスとの合流点に正対し、頭蓋の中に作られつつある曖昧な領域へといざなわれるのを感じた。ヴォーンの後ろに立ち、筋肉質の背、黒いジャケットに隠された広い肩を見つめた。

アンペックス製ビデオの前に観客が集まり、オートバイがいま一度セダンと衝突するのを見まもる。衝突の断片がスローモーションで再生される。夢の中のように静かに、オートバイの前輪が車のフェンダーに接触する。リムが崩壊すると、タイヤは内側にはじけて、八の字形を作った。オートバイは逆立ちした。マネキンのエルヴィスは座席から飛び出し、ぶざまな身体がようやくにスローモーション・カメラの祝福を受ける。最高の技倆を持つスタントマンのように、手足をまっすぐ伸ばしてペダルに立ちあがる。顎を昂然と前に突き出し、貴族的にあたりを払う。後輪が身体より高く跳ねあがり、腰を打ちそうに見えたが、彼は巧みにペダルから足を離し、宙に浮いた身体を水平になるまで傾けた。手はまだハンドルにくっついたままで、バイクが宙返りすると、身体から遠ざかってゆく。測定コイルが片方の手首を切断し、彼は水平にダイブする。身体に描かれた傷を近づくウィンドシールドに差し出し、もたげた頭をへさきとして。胸を車のボンネットに打ちつけ、磨きあげたワックスの上をサーフボードのように滑った。

最初の激突の衝撃で車がバックしているあいだに、はや、四人の乗客は二次衝突に向けて動き出していた。なめらかな顔を、にじり出るウィンドシールドに、ボンネットを滑空してゆく胸部グライダーを見ようとするかのように、ぎゅっと押しつけた。運転手と助手席の女性とはそろってガラスに転げ込み、バイク乗りの顔面が打つのとまったく同時に頭の天辺でウィンドシールドに触れた。水晶の霧が噴水となって噴きあがり、その中で、まるでお祝いでもしているかのように、三人はさらにエキセントリックなポーズを取った。バイク乗りはそのまま水平に直進して、燃えあがるウィンドシールドを通り抜け、真ん中に据えたルーム・ミラーに顔を引き裂かれる。ウィンドシールド・ピラーを打った左手は肘から折れ、背骨の一メートル上空を飛んでゆく逆立ちしたバイクを追いながら、ガラスの噴水をなぎ払った。破れたウィンドシールドをくぐり抜ける右腕は、まず手前のワイパーに手をギロチンで落とされ、そして前腕を助手席の女性の顔にぶつけて、右の頬骨もろとも飛んでいった。バイク乗りの身体は優雅なスラロームを描いて傾き、ヒップが右手のウィンドシールド・ピラーに当たって、中央の溶接箇所で折り曲げた。両足は車のまわりで回り、脛骨が中央のドア・ピラーを打った。

その上から、オートバイが天地逆さにルーフへ降ってきた。ガラスのないウィンドシールドを通り抜けたハンドル・シャフトが、フロントシートの乗客の首を切断した。前輪とクロームのフォークが屋根から突き出し、ドライヴ・チェーンの鞭がバイク乗りの首を切る。ばらばらになった身体の部位が後輪えぐりに跳ねて、舞い散る安全ガラスの霞の中に転がり落ちた。長く防腐保存されていた氷が融け出したかのような氷霧が車から降った。その間、車の運転手は押しつぶされたハンドルに跳ねっかえり、ずるずると座席の下へ滑り落ちていった。斬首された妻は首の前に愛らしく手をさしあげ、計器パネルを転げ回った。生首はビニールのシート・カバーでバウンドして、後部座席に座る子供たちのあいだに飛び込んだ。幼い方、ブリジッテは屋根を見あげ、飛んでくる母の首に行儀良くおびえて両手をあげてみせた。リア・ウィンドウに当たった生首は車内を跳ねまわったあげく、左手のドアから出ていった。

くりかえし地面から飛びあがろうと力をこめてもがいていた車も、徐々に静かになった。ガラス細工の車室に囚われた四人も静かになった。誰も受け取れない手旗信号を忙しく送っていた手足が、生々しい人間的ポーズに固まった。そのまわりで、凍ったガラスの噴水が最後の一噴きを舞いあげた。

三十人ばかりの観客は画面を見つめ、何かが起きるのを待っていた。見ているわたしたち自身の姿も幽霊のように背景にあらわれ、スローモーションの衝突事故が再現されるあいだ、手も顔もぴくりとも動かず、静かに立っている。夢の中のような役割交換で、自分たちより車内のマネキンの方がはるかに現実感を持っていた。隣に立つ、全身シルクに包んだ閣僚夫人に目をやった。自分と娘とが衝突でバラバラになるのを見たかのごとく、恍惚として、フィルムに吸いつけられていた。

見学者たちは休憩テントへ歩いていった。わたしはヴォーンについて衝突車の方へ行った。彼は椅子のあいだを縫って歩き、芝生にチューインガムを吐いた。衝突テストとスローモーション・フィルムからはわたしよりはるかに強い影響を受けていたはずだ。ヘレン・レミントンはひとり椅子に座って、こちらを見ていた。ヴォーンは粉砕された車を今にも抱きつきそうな目で見つめた。引き裂かれたボンネットとルーフの上を手がさまよい、顔面の筋肉が手錠のように開いては閉じた。腰を折って車室をのぞき込み、マネキンをひとつひとつ調べてゆく。ヴォーンがマネキンに声をかけるのを待ちながらわたしの目はボンネットとフェンダーのひずんだ曲線とヴォーンの尻の谷間のあいだを往復していた。自動車とその乗員の破壊は、かわりにヴォーンの肉体が持つ性的浸透力を強めたようだった。いずれもあらゆる感傷を抽象し尽くした純概念的行為であり、届けたいさまざまなアイデアと情動のすべてを運んでいるのだ。

ヴォーンは運転手の顔からファイバーグラスの破片をはらいのけた。力を込めてドアを引き開け、片手でひずんだハンドルを握って、太腿をシートに載せた。

「前から衝突車を運転してみたかったんだ」

ジョークかと思ったがヴォーンは本気のようだった。すっかり落ちついて、まるで今の暴力行為で身体から緊張が抜き去られたか、あるいは長いこと抑圧していた暴力を発散してしまったかのようだった。

「よし、と。もう行くか——送っていってあげよう」ヴォーンは手からガラスくずを払い落としながら言い、わたしがためらっているのを見て付けくわえた。

「どうってことないさ、バラード、衝突事故なんてみんな似たようなものだ」

彼は気づいていただろうか？　わたしが心の中で、ヴォーンと自分自身、ヘレン・レミントンとガブリエルのさまざまなセックスを思い描き、マネキンとグラスファイバーのバイク乗りがくぐり抜けた死の試練にもう一度火をつけようとしているのを？　駐車場脇の公衆便所では、ヴォーンは半立ちのペニスが見えるようにわざと便座から離れて立ち、タイルの床に小便を数滴落とした。

研究所から出たとたん、走ってゆく車に食欲を刺激されたかのように、ヴォーンは攻撃性を取り戻した。大型車で進入路から高速へ上がる。自分より小さい車にはでこぼこのバンパーをぴったり後ろにつけて道を開けさせた。

指で計器パネルを弾いた。

「この車――リンカーン・コンチネンタルの十年前モデル。ケネディ暗殺も特殊な自動車事故だと考えているんだろう」

「そうとも言える」

「だけど、なぜエリザベス・テイラーなんだ？　この車で走りまわって、彼女に危険を招いてるんだぞ」

「誰が危険だって？」

「シーグレイヴだ――あいつは気が狂いかけてる」

ヴォーンは高速の最後の直線を、警告標識を無視してスピードをまったく落とさずに走り抜けていく。

「ヴォーン――彼女が事故に遭ったことは？」

「大きなものはない――つまりすべてはこれから未来に開かれている。ちょっとした先見さえあれば、特別な自動車衝突で彼女は死ねる。我々の夢と幻想をすべて変えることだってできるんだ。その事故でともに死ぬ男は……」

「シーグレイヴはその価値をわかっていると？」

「彼なりにね」

前方に本線の大きなロータリーが見えてきた。道路交通研究所を出てからひたすらアクセルを踏みつづけたヴォーンが、はじめてブレーキを使った。大型車は大きく右手に滑り、共に中央部をまわり込んでいたタクシーの針路に入った。アクセルを床まで踏み抜いて前に割り込むと、タクシーのけたたましいホーンも圧するほどの音でタイヤがきしんだ。窓を下げてタクシー運転手をどなりつけ、北線の退避路となる細い谷間に車を押し込んだ。

巡航に戻ると、ヴォーンはリアシートに手をまわし、アタッシェケースを取った。

「今、新番組用に、このアンケートを取っている。何か見落としてるかもしれん。きみも見てくれないか」

14

車がロンドン方面の流れに乗ってから、ヴォーンが用意した質問用紙を読みはじめた。記入している被験者は、ヴォーンの世界の横断面となっていた。以前勤めていた研究所から二人のコンピュータ・プログラマー、若い栄養士、スチュワーデス数名、ヘレン・レミントンの診療所に勤める医療技術者、もちろんシーグレイヴとその妻ヴェラ、TVプロデューサーとガブリエル。被験者各々の履歴をざっと眺めると、思った通り、大小さまざまながらみな一度は自動車事故に遭っていた。

アンケートの一項目に、政治・芸能・スポーツ・犯罪・科学・芸術各分野の著名人リストがあった。被験者は中から一人を選んで、その人物の自動車事故死を想像することになる。リストを見ていったが、大部分は健在の者だった。幾人かは故人であり、自動車事故で亡くなった者も数名いた。新聞や雑誌の見出し、テレビのニュースやドキュメンタリーを思い出しながらその場ででっちあげたリストという印象だった。

それに対して、傷と死に方のバラエティは手間暇をかけた研究のたまものだった。考えうるかぎりほとんどすべての、自動車と乗客間の暴力的闘争がリスト化されている。乗客射出のメカニズム、膝蓋と股関節の幾何学、正面衝突あるいは追突時におけるコンパートメントの変形、ロータリーの事故現場に、幹線道路の交差点に、高速本線と進入路との合流点に放り出された怪我人、追突事故における車体の入れ子構造、横転事故による擦過傷、転回時のルーフとドア・フレームの接合部での四肢切断、ダッシュボードや窓縁で顔につけられた傷、ルーム・ミラーやサンバイザーによる頭皮や頭蓋への傷、追突事故のムチ打ち症、燃料タンクの破裂や爆発をともなう事故での第一度・二度火傷、ハンドルに押しつけられての胸部損傷、シート・ベルト金具の不良による下腹部裂傷、前後部座席の乗員間の二次衝突、ウィンドシールドを破って射出されたときの頭蓋や脊椎損傷、ウィンドシールドの種類でさまざまに変わる頭蓋骨の損傷度、子供や幼児を胸に抱いていて与えた傷、義肢のせいで起こった怪我、身体不自由者用特別車での事故による怪我、一ヵ所、あるいは二ヵ所以上の四肢切断者による複雑な累進型負傷、プレイヤーやカクテル・キャビネット、自動車電話など特別な装備品による怪我、製造エンブレム、安全ベルトのピニヨン、三角窓の錠によって残された傷。

最後に来るのが、明らかに、ヴォーンがもっともとらわれている負傷——自動車事故による性器損傷だった。選択肢を説明する写真は入念に選び出されたものだった。法医学雑誌や整形外科のテキストから破り取ったもの、非公開の研究論文をコピーしたもの、アシュフォード病院への訪問時に盗み取った手術室報告から抜いたもの。

車がガソリンスタンドに入ると、ポーチにかかったネオンサインから、深紅色の光がおぞましい写真の上に落ちた。計器パネルのビナクルに押しつぶされた十代少女の乳房、ウィンドシールド基部のクロームの放熱孔の手になる中年主婦の乳房部分形成、ダッシュボードの製造者エンブレムで切除された乳首。ハンドルに、突き抜けるウィンドシールドに、へしゃげたドア・ピラー、座席スプリング、ハンドブレーキ、カーステレオのスイッチによる男女性器への損傷。不具になった男根、切除された女陰、つぶれた睾丸の写真が、ゆらめく光の中を通り過ぎていく。ヴォーンは車の後ろで、スタンドの女注油係の横にへばりつき、女のスタイルを面白おかしくほめそやしていた。写真の中には、怪我の原因となった車体部分のディテールを示しているものもあった。二股に割れたペニスの外科写真の横にはハンドブレーキ機構の写真が挿入されていた。ひどいあざになった女陰のクローズアップの上にはハンドドルの打ち出しとその製造者エンブレムが置かれている。引き裂かれた性器と、車体や計器パネルのクローズアップとの和合は、ひとつながりになって不安の基本単位、苦痛と欲望の新潮流におけるユニットとなっていた。

それと同じ結合が、顔面負傷の写真においては、性格の奥底に隠されたものを表に出してくるため、さらに恐ろしいものとなる。傷の写真のあいだには、まるで中世の古文書のように、計器ボタンやホーン・スイッチ、ルーム・ミラーやダッシュボード・ダイヤルのディテールがはさみ込まれ、飾りつけられていた。鼻を叩きつぶされた男の顔とクロームの製造年章が隣り合っていた。光を失った目で病院の寝台に横たわる黒人娘の脇にはルーム・ミラーの写真が挿入され、どんより曇ったガラスが娘の視野の代わりを務める。

回答を読みくらべるうち、被験者ごとに選んでいる事故種別が違うのに気づいた。ヴェラ・シーグレイヴはランダムに選んでおり、正面への射出、横転、正面衝突のあいだにほとんど区別をつけていなかった。ガブリエルは顔面損傷を強調していた。全回答中もっとも不気味なのはシーグレイヴのものだった——彼の仮想的犠牲者に許されたのは、ひどい性器の損傷のみだった。ヴォーンの研究対象の中でただ一人、シーグレイヴは、リストされた政治家、スポーツマン、TVタレントを無視して、映画女優五人だけで標的美術館を作りあげていた。ガルボ、ジェイン・マンスフィールド、エリザベス・テイラー、バルドー、ラクエル・ウェルチ——シーグレイヴは性的不具者の処刑場を作り上げたのだ。

前方でホーンが鳴った。車はロンドン西郊外へのアプローチに発生する渋滞に近づきつつあった。ヴォーンはいらだたしげにハンドルを叩いた。夕暮れの太陽の下、口と額の傷はきれいなハッチング、次の傷を待つ整理区画となっていた。

ヴォーンのアンケート用紙をめくっていった。ジェイン・マンスフィールドやジョン・ケネディ、カミュやジェイムズ・ディーンの写真は、カラーのクレヨンで、首や股間を丸く囲われ、胸や頬骨に影を塗られ、口や腹部には解剖線を引かれていた。ジェイン・マンスフィールドの宣伝用写真は、車から降りるところ、左足を地面についたポーズで、右腿の内側はぎりぎりまでむき出しになっている。口に約束の微笑みを浮かべ、前に突き出した胸は、広角のウィンドシールド・ピラーに触れなんばかりだった。回答者の一人、ガブリエルは、左胸とむき出しの太腿に想像の傷をマークし、カラーのクレヨンで首に切取線を引き、車のパーツが肉体と結び合うところをなぞってあった。写真の周囲の余白は、ヴォーン手書きの注釈で埋まっていた。その多くは疑問符で終わっている。ヴォーンがそれぞれの死の選択肢を検討し、妥当なものを取りあげ、極端すぎるのは落としていっているかに見えた。アルベール・カミュが死んだ車を写した公式写真は丹念に手を加えて褪色を再生し、ダッシュボードやウィンドシールドに「鼻梁」「軟口蓋」「左頬骨弓」といった言葉を記してあった。計器パネルの下部は性器用に、ダイヤルには網をかけ、左余白にはキーワードを書いている。「陰茎亀頭」「陰嚢隔膜」「尿道管」「右睾丸」。蜘蛛の巣模様のウィンドシールドにひしゃげたボンネットが開き、破裂した金属製アーケードがエンジンとラジエータをむき出した上に、白くぼかしたV字形の長い帯が描いてあった。「ザーメン」

アンケートの締めとして、最後の犠牲者が登場した。エリザベス・テイラーは、ロンドンのホテルの前で、運転手つきリムジンから降りようとして、後部座席の暗がりから夫の肩ごしに微笑みかけている。

傷のエリアと立ち位置から、ヴォーンが新しい算術をあみ出しているだろう、と思いながら、テイラーの太腿と膝小僧、クロームのドア・フレームとカクテル・キャビネットの扉を探した。きっとヴォーンか、あるいは彼に従う志願者かが、女優の身体にさまざまの奇妙な、気狂いスタント・ドライバーのようなポーズをとらせ、女優が乗る車を、あらゆるポルノのエロチックな可能性を、考えうる限りのセックス／死と奇形を探求する道具としているだろう。

ヴォーンの手がファイルを取り上げ、アタッシェケースに戻した。

車の流れは小休止していた。ウェスタン・アヴェニューへの進入路は、ラッシュアワーのはじまりを告げる市内からの車でふさがっていた。ヴォーンは窓にもたれ、爪に残る精液の香りでも嗅ごうとするかのように、手を鼻にやった。注意をうながす対向車のヘッドライトや頭上にぶらさがった高速道路の街灯、暗号のような標識、行先表示が、汚れた車のハンドルを握る、やつれた男の孤独な顔貌を照らし出した。並走する車の運転手を眺め、ヴォーンが定義する彼らの生活を思い描こうとした。ヴォーンにとっては、彼らはすでに死んでいるのだ。

六車線の道路はじりじりとウェスタン・アヴェニューのインターチェンジへ、夜毎おこなわれる自分自身の死の巨大リハーサルのために近づいていった。赤い尾灯が蛍のように周囲を飛び交った。ヴォーンはおとなしくハンドルを握って、うちひしがれた顔で、計器パネルの換気口にクリップではさんだ、名もない中年女の黄ばんだパスポート写真を見つめていた。路肩を歩いてゆく二人連れの女性、仕事に出かける緑モールの制服を着た劇場の座席案内嬢を見ると、ヴォーンは座りなおし、獲物を待つ犯罪者のように真剣な目で女たちの顔を調べた。

一心に女を見つめるヴォーンの、精液が染みたズボンを見下ろした。人体のあらゆる孔から分泌される粘液の痕跡が残されたこの自動車がわたしを興奮させる。アンケート用紙に貼られた写真を思い、それこそがヴォーンと自分とのセックスを定める論理だと悟った。すらりと伸びた太腿、堅く締まった腰と臀部、腹と胸に傷の残る筋肉、おおぶりの乳首、すべてがひとつにあわさって、車体に突き出した計器の頭とトグル・スイッチのあいだで待ち受ける、数えきれない傷口へといざなう。想像に描く傷のひとつひとつが、ヴォーンの肌とわたしの肌との出会いのモデルとなる。自動車事故という逸脱のテクノロジーは、すべての変態行為の聖域となった。今はじめて、慈しみ深き精神病理が、我らをさし招く。ハイウェイを走る幾万台の乗用車の中に、頭上に舞い上がる巨大なジェット旅客機の中に、慎ましき機械的構造とそれを含む商業的積層物の中に祭られて。

ホーンを鳴らして走行車線の車をどかし、ヴォーンは路肩に乗り入れた。渋滞を抜け出すとまっすぐ高速道路脇に建てられたスーパーマーケットの車寄せへ向かう。気づかわしげにこちらを見やった。

「今日はきつかったな、バラード。バーで酒でも買ってこい。ドライヴとしゃれこもうじゃないか」

15

ヴォーンのアイロニーには限度がないのだろうか？　バーから戻ってくると、彼はリンカーンの窓枠に身をもたせ、ダッシュボードにしまってあった煙草入れからハシッシ一式を取り出して、最後の四本を巻いていた。角張った顔をした空港娼婦、学校出たてのように若い二人が、窓ごしにヴォーンと言い争っていた。

「何、油売ってたんだ？」ヴォーンは買ったばかりの二本のワインボトルを受け取って言った。ビナクルの上で煙草を巻いてから、女たちとの議論を再開した。三人は、時間と料金について抽象的な言葉で論じ合っている。その声と、スーパーマーケットの下を通り過ぎる車の騒音を無視して、西側フェンスの向こう、ロンドン空港から離陸する飛行機を見やった。緑と赤の星座が空を大きくよぎってゆく。

二人組は窓から顔を入れ、一瞥でこちらを値踏みした。背の高い方、はやヴォーンがわたしに振った女はおとなしいブロンドで、頭の悪そうな目をぽかんとこちらの頭上十センチくらいのところに向けている。女はビニールのハンドバッグでわたしを指した。

「こいつは運転できんの？」

「もちろん。一杯引っかけた方が、エンジンもよくまわるだろう」

ヴォーンはワインボトルをダンベルのように振りまわして、女たちを車に追い込んだ。もう一人の、ショートの黒髪で少年のようにヒップの小さい娘が後ろのドアを開くと、ヴォーンがボトルを手渡した。顎を持ち上げ、女の口に指を差し込む。ガムの塊をつまみ出して外の暗闇へ弾き飛ばした。

「捨てちまえ。尿道の中でこんなもんふくらまされるのは御免だ」

不慣れな車に戸惑いながら、わたしはエンジンをかけ、エプロンを横切って斜路を下りた。頭上、ウェスタン・アヴェニューをロンドン空港に向かって車が進んでゆく。ヴォーンはワインの栓を抜き、助手席に座るブロンドに手渡した。すでに一本目のマリファナ煙草に火をつけている。はやくも片肘を黒髪の太腿に伸ばし、スカートをまくりあげて黒い股間をあらわにしていた。二本目のコルクも抜き、湿った部分を女の白い歯に押しつけた。ルーム・ミラーにくちづけから逃げようとする女が映る。煙草の煙を吸い込み、ヴォーンの股間に顔をうずめた。ヴォーンはくつろいで背をもたせ、放心した目で女の造作を測った。複雑巨大な器具を使う器械体操で、前もって軌道と身体に与える衝撃を計算する軽業師のように、目を上下に走らせて肉体を検分する。右手でズボンのチャックをおろし、尻を前に突き出してペニスを自由にした。女は片手で男根を握り、もう片方の手で、信号から車が滑り出すときも、ワインがこぼれないように支えている。傷跡の残る指でヴォーンは女のシャツのボタンをはずし、小ぶりな乳房をむき出した。親指と人差し指で乳首をつまみ、特殊な実験器具に合わせた部品を作るかのように、妙な持ち方で引っぱり伸ばして乳房を調べた。

二十メートル前方でブレーキ・ライトが閃いた。後続の車からホーンが鳴り響いた。ヘッドライトが明滅する中、わたしはギアをドライヴに入れ、アクセルを踏み込んで、車を跳び出させた。リアシートのヴォーンと少女がひっくり返る。車内を照らし出すのは計器パネルからの光と、周囲を取りまく車のヘッドライト、テールランプばかりであった。ヴォーンは女の胸を放して、てのひらで愛撫した。傷だらけの唇が、ぐしゃぐしゃになった吸いさしから立ちのぼる煙を吸い込んだ。ワインボトルを取り上げ、女の口にあてがった。飲ませながら、女の脚を持ち上げてかかとを座席に乗せ、ペニスを太腿につける。まず黒いビニールシートの上を引きずって、かかとと距骨に亀頭をあてがい、娘と車両方を巻き込む実際の性行為に先立って、二つがつながり合う可能性をさぐろうとする。後部座席に横たわり、左腕で少女の頭上、黒いビニールを愛撫する。手を前腕から直角に伸ばして、ルーフ枠のクローム幾何学を計りながら、開いた右手は太腿をはいあがり、尻をつかんだ。少女は、かかとを尻の下にたぐりこんであぐらをかき、太腿を開いて恥毛の小さな三角形を見せ、小陰唇を外に突き出した。灰皿から立ち昇る煙ごしに、ヴォーンは楽しげに女体を調べた。

小さく、真剣な女の顔を、列の中をじわじわ前に進む車のヘッドライトが照らしていた。焦げた樹脂の湿った煙が口から出て車内にたゆたう。わたしの頭も煙の中に浮かんでいるようだった。どこかかなた、ほとんど静止したかに見える車列の向こうには、煌々と照明に照らされた空港の平原がある。だが、わたしには中央レーンを走る大型車しか見分けられなかった。助手席のブロンドがワインボトルをまわしてきた。断ると、女は頭を肩にもたせかけ、遊び半分にハンドルに手をのばす。わたしが肩に腕をまわすと、太腿に女の手が伸びてきた。

もう一度車が止まるのを待って、リアシートが見えるようにルーム・ミラーを調整した。ヴォーンは親指をヴァギナに差し入れ、人差し指でアヌスをさぐっている。女は膝を肩まであげて、機械的に二本目の煙草をふかしていた。

左手は乳房に伸び、乳首をミニチュアのクラッチに見立てて、薬指と人差し指で押しあげた。ヴォーンは女体の構成要素を様式的な姿勢に固めておいてから、腰を前後に突き、手に包まれたペニスを動かしはじめる。女は指を逃れようとしたが、ヴォーンは肘で手を払いのけ、身体の奥までしっかり埋めた。足を伸ばし、車室内で体をまわして、ヒップを座席の端に乗せた。

左肘の加勢を得て、なおも女の手と戦いつづける。それはまるできびしく動きを制限された儀式、未来の自動車のデザインとエレクトロニクス、速度と針路を祝福するダンスのようであった。

セックスとテクノロジーの婚姻がクライマックスを迎えたのは、空港に向かう立体交差との分岐点を過ぎ、北線を走り出してからだった。ようやく車が時速三十キロで流れはじめると、ヴォーンは指を女のヴァギナとアヌスから抜き、尻をくるりとまわして性器にペニスを挿入した。跨線橋《こせんきょう》の上がりランプを上る車のヘッドライトが頭上で閃いた。ルーム・ミラーの中でヴォーンと女の身体は後続車の照明に照らされうごめいたが、その姿はリンカーンの黒いトランクや内装にも反射した。クロームの灰皿に少女の左乳房と勃起した乳首が映った。ゴムの窓受けに、ヴォーンの歪んだ太腿と女の腹部とが奇怪な解剖学的交差を作っている。女を上にまたがらせ、もういちどヴァギナに男根を押し入れた。スピードメーター、時計、タコメーターからなる三面鏡に映ったヴォーンと娘との性行為は、七色のダイヤルに飾られた岩屋の中で、速度計の手術針に和らげられながら執りおこなわれる。でこぼこになったダッシュボードとハンドル・カバーの様式化した塑像《そぞう》に上下する女の尻がいくつものイメージとなって浮かんだ。時速八十キロで跨線橋を渡る瞬間、ヴォーンは背を弓なりに反らし、後続車のヘッドライトの中に女を差しあげた。疾走する車のクロームとガラスの籠に囚われ、とがった胸が光をはねかえした。ヴォーンの力強いピストン運動は、百メートル間隔で通り過ぎる街灯柱の脈動と呼応していた。灯りが近づくたびにヒップを蹴りあげ、ペニスをヴァギナに送り込み、両手で尻を開いてアヌスをむき出しにする。黄色い光が車を満たす。車は跨線橋を渡りきった。ブレーキライトの赤い光が夜の空気を焦がし、ヴォーンと娘を薔薇色の輝きに染めた。

ハンドルを握ったまま、合流点へとランプを下っていった。ヴォーンは突きのテンポを変え、女の身体を引き寄せて足を伸ばさせた。後部シートに対角に寝て、ヴォーンはまず左乳首を口に含み、それから右、指で肛門をさぐっては通過する車のリズムに合わせ、ルーフを横切ってゆく光の戯れに動きを合わせて突き入れた。わたしは肩にもたれてきたブロンド女を押しのけた。車の運転によって、自分が背後のセックスをあやつれるとわかったのだ。ヴォーンは戯れに、路傍の標識や信号に反応した。ロンドン空港を離れ、抜け道を通って市の中心部に向かうと、ヴォーンのリズムは速くなり、つかんだ女の尻を無理矢理上下させた。まるで脳の中の走査機械がオフィス街の高層ビルに強烈に反応しているかのようだった。オーガズムの瞬間には車の中で立ちあがらんばかりだった。足をいっぱいに伸ばし、リアシートに頭を突っぱって、女を乗せたまま両手で自分のヒップを支えた。

半時間後、わたしは車を空港に戻し、オーシャン・ターミナルに面した高層駐車場の陰にとめた。女はようやく、疲弊して後部座席にもたれるヴォーンから身を引き離した。のろのろと、ヴォーンと前に座る眠そうなブロンドに文句を言いながら身繕《よ》いする。精液が左の太腿を伝って黒いビニールシートに落ちた。象牙色の雫は、きつい傾斜を選ってシート中央の溝へ流れ込んだ。

わたしは車から降り、二人に金を払った。疲れを知らぬ下腹を抱えて、ネオンきらめくコンコースへ消える女を見送り、車の傍らで待った。ヴォーンは駐車場の段丘を見つめていた。傾く床にすえた目は、自分と黒髪の少女のあいだを通り過ぎたすべてを見つめようとしているようだった。

やがて、ヴォーンは娼婦の肉体をきわめたときのような、静かで優しいやりかたで、自動車事故の可能性を探求していった。しばしば、時間を忘れて事故死者の写真に見入り、焼け焦げた顔を恐ろしいほどの熱意で見つめた。破れたウィンドシールド、計器パネルと傷ついた身体との交差点を、負傷者を表現するもっともエレガントな媒介変数を計算する。ヴォーンは負傷者をまねた姿勢で車を転がし、空港で拾った娘に死人のような無感動なまなざしを向けた。相手の身体を利用して、事故犠牲者の歪んだ身体構造を再現した。女たちの腕を優しく肩に寄せて折り曲げ、膝を胸に押しあて、ひとつひとつの反応をゆっくり確かめながら。

16

世界が傷におおわれはじめた。スタジオにあるオフィスの窓から、駐車場の中央に車をとめて座るヴォーンが見えた。家に帰るスタッフが、ヴォーンの埃まみれのリムジンを横目に三々五々車を出していった。ヴォーンは一時間前にスタジオに車を入れていた。レナタに教えられてからも気にしないようにしていたが、駐車場の車が一台また一台と消えていくと、否応なしに、中央にぽつんと残った姿に目がいってしまう。道路交通研究所へ行ってからの三日間、ヴォーンは毎日午後になるとスタジオにあらわれた――シーグレイヴに会うのを口実としていたが、その実は、かの映画女優に自分を正式に紹介させようとしていたのだ。この前の午後、もういつだったかもさだかでないが、ウェスタン・アヴェニューのガソリンスタンドで会ったおりに、彼と手を切ることはできないと悟り、わたしはヴォーンに手助けを約束した。今では何の苦労もなく、ヴォーンは一日じゅうわたしの後をつけ、空港のエントランスやスタンドの車寄せでいつまでも待ちつづけた。まるで無意識のうちに、こちらが彼の通り道へとハンドルを向けているかのようだった。

ヴォーンの存在は運転にも影響を与えていた。わたしは二度目の事故を夢見ていた。今度はヴォーンの見ている前で遭うことを。空港から飛び立つジャンボ・ジェットすらも、この身に加えられる欲望と刑罰、興奮とエロティシズムのシステムになった。高速道路の大渋滞は空をも窒息させた。わたしには、ヴォーンみずからが、精密な心理学的テストの一部として、疲弊したコンクリート上に車たちを招喚したような気さえしていた。

レナタが帰ってしまうと、ヴォーンは車から降りた。駐車場を横切ってオフィスのエントランスに向かってくる姿を見ながら、なぜわたしが選ばれたのだろう、と自問した――すでに脳内には標的車を駆り、ヴォーンとの、あるいは彼の選んだ犠牲者との衝突針路を走る自分の姿が映っていた。

左右に飾った、セールス用の自動車やラジエータ・グリル、ウィンドシールドの拡大写真に目をやりながら、ヴォーンは応接室を通り抜けてきた。着古したジーンズは、わたしが運転していた車でセックスをしたとき、締まった尻からずりおろしたのと同じものだった。下唇にはしょっちゅう吸うせいで治らないできものがある。その小さな孔《あな》に魅入られて目を離せなかった。ヴォーンの性的支配力、顔と胸の傷に記憶される事故によって勝ち得た力が伸びてくるのを感じた。

「ヴォーン、もうクタクタなんだ。オフィスに出入りするだけでも一仕事だし、顔も知らないようなプロデューサーを追いまわさなきゃならないし。ともかく、アンケートに答えてもらうチャンスはないね」

「直接渡させてくれ」

「そうだな、きみなら気に入られるかもしれないが……」

ヴォーンはわたしに背を向けて立ち、悪い歯でできものを嚙んでいた。わが手は、身体からも頭からも切り離され、どうしたらその腰を抱けるのかと惑いながら宙をさまよった。ヴォーンは振り向き、傷のある唇に人好きのする笑みを浮かべ、こちらが新しいTVシリーズのオーディションをしてでもいるかのように、魅力的な横顔を見せた。調子っぱずれのおかしな声はハシッシでハイになっているようにも聞こえた。

「バラード、彼女は回答者全員の夢想の中心になっている。もうあまり時間はない。自分の妄想にひたりきっていてわからんのかもしれないが。彼女の答えが必要なんだ」

「ヴォーン、テイラーは自動車事故で殺されたりはしないよ。審判の日まで尻を追いまわすつもりか？」

ヴォーンの背後に立ち、尻の谷間を見おろして願った。このフェンダーとウィンドシールド部位の写真が完全な一台の車にまとまり、その中で、野良犬のように、彼の身体を両手に抱きしめ、可能性のアーケードを走りながらその傷に終油礼を施したい。心の中に思い描いた。ラジエータ・グリルと計器パネルがヴォーンとわたしを取り巻いてひとつに融け合い、彼のベルトをゆるめジーンズをずりおろすこの手を抱擁し、精妙なリア・フェンダー構造が肛門を貫く瞬間に、わがペニスと、すべての可能性をはらんで慈み深いテクノロジーとの結婚を祝福する様子を。

「ヴォーン……」

彼はかの女優が車にもたれているパブリシティ写真を見おろしていた。ペン立てから鉛筆を取りあげ、女優の身体に陰影をつけ、脇と胸の谷間を丸く囲う。灰皿の端に置いた煙草のことは忘れ、一心に写真を見つめていた。身体から湿った、肛門粘液とエンジン冷却液の混ざった臭いが立ち昇った。筆跡が深くなった。ますます乱暴にこするうち、影の部分に穴が開いて、裏の厚紙にひっかかった鉛筆の芯が折れた。自動車の内装の中から、突き出したダッシュボードとハンドルの出っぱりを選び出していた。

「ヴォーン！」

思わず肩に手をまわした。オーガズムに向けて身体が震えていた。左手で、自分に罰を与え、空手の締め技のように股間を押さえ、服ごしに勃起したペニスを刺激しながら、右手で写真の破れ目をたどっていた。

ヴォーンは努力して身を伸ばし、わたしの腕にもたれた。目は、その死のために自分で記した衝突ポイントと負傷エリアに囲まれた映画女優の傷ついた写真から離れなかった。

ぎこちなく、腕をヴォーンの肩から下ろしていった。堅く締まった腹は傷の透かし彫りにおおわれていた。右のヒップにはわたしの指を待つテンプレート、幾年も前にいずこかの連続衝突で焼き込まれた鋳型が作られていた。

喉にせりあがる痰《たん》を飲み込んで、骨盤に弧を描いて並ぶ五本の傷跡をなぞった。ヴォーンは口を閉じたまま、肌の上をさまよう指を無視し、ただわたしを見つめていた。傷のギャラリーが、胸郭と腹部を割いていた。切り取られ、再接合した右乳首の手術は不完全で、乳首に永遠に勃起したままなのだった。

夕暮れの下、駐車場まで歩いた。高速北線の土手沿いに、瀕死の動脈を流れる血液のようにのろのろと車は流れていた。空っぽの駐車場で、ヴォーンのリンカーンの前に二台の車がとまっていた。パトカーとキャサリンの白いスポーツ・セダン。警官の片われはリンカーンを調べて、埃まみれの窓ごしに中をのぞいていた。もう一人はキャサリンの車の横に立ち、彼女に質問していた。

警官はヴォーンを認めて、会釈した。ますます深まってきたヴォーンとの男色関係について訊ねられるのではないかと恐れ、罪悪感にかられてそっぽを向いた。

警官がヴォーンと話しているあいだに、キャサリンが近寄ってきた。

「空港の近くであった事故のことで、ヴォーンと話したかったらしいわ。歩いてた人が――警察はわざと轢いたと思ってるみたい」

「ヴォーンは歩行者には興味がない」

それを合図に受けたかのように、警官は車に戻った。その後姿を、ヴォーンは心の奥をのぞき込む潜望鏡のように頭をもたげて見送った。

「あなたが送っていってあげたほうがよさそうね」並んでヴォーンの方へ歩きながら、キャサリンが言った。

「わたしは自分の車で追っかけてく。車はどこ?」

「家だ。この車の山には立ち向かえない」

込んだ。

「一緒に乗ってこうかしら」潜水服の窓から中を透かし見るように、キャサリンが顔をのぞき込んだ。
「本当に運転できて？」
わたしを待っているあいだに、ヴォーンは自分の車のリアシートにもぐり込んで白のTシャツに着替えていた。デニムのジャケットを脱ぐと、落ち込む光が腹と胸の傷にあたり、左脇の下から股ぐらへ輪を描く白い傷の星座を照らし出した。ヴォーンの身体に浮きあがる、自動車衝突で創り出された複雑なセックスの手がかりは、わたしの未来の快楽のため、リアシートやフロントシートでとる奇妙な姿勢のため、彼に捧げる男色とフェラチオをたどるためにヴォーンがわざわざ打ち出しておいたものなのだ。

17

すさまじい渋滞に巻き込まれた。高速とウェスタン・アヴェニューの合流点から跨線橋《こせんきょう》への進入ランプまで、車線全部が車で詰まり、ロンドン西の郊外に傾く太陽の光がウィンドシールドを融解色に漂白していた。ブレーキ・ライトが夕闇を焼き、巨大によどむラッカー塗りのボディで輝いた。ヴォーンは片肘を助手席の窓から突き出していた。いらいらと、拳でドア・パネルを叩きつづける。右手には二階建ての空港バスの高い壁が顔の並ぶ崖となってそびえた。窓に並んだ乗客は、地下墓所《コランバリウム》の壁龕《へきがん》から見下ろす死者の列のようだった。二十世紀の膨大なエネルギー、もっと幸せな星をめぐる新しい軌道へ惑星ごと送り込むことさえできる力が、この無限の静止を維持するためだけに費やされている。

跨線橋からの下りランプをパトカーが走り下りてきた。ヘッドライトを閃かせ、ルーフの青い回転灯は鞭のように暗い空気を切り裂く。頭上、上り車線を上がりきったところに立つ二人の警官が、縁石で交通整理をしていた。歩道に立った三脚上で警告標識がリズミカルに点滅している。「スピード落とせ……スピード落とせ……事故あり……事故あり……」十分後、跨線橋の東端まで来て、ようやく事故現場が見えた。車の列が警察のスポットライトの輪をよけて流れてゆく。

跨線橋の東斜路とウェスタン・アヴェニューとの合流点で三台の車が衝突していた。そのまわりにパトカー一台、救急車二台、レッカー車一台がゆるやかな円陣を組んでいる。消防士と警察技師が車に取りつき、酸素アセチレントーチでルーフ・パネルとドアを焼き切っていた。歩道に野次馬が集まりはじめ、ウェスタン・アヴェニューをまたぐ歩道橋には鈴なりの観客がガードレールで肘と肘を突き合わせていた。事故に巻き込まれた中でいちばん小さい車、黄色いイタリア製スポーツカーは、中央分離帯を滑り越えてきたロングボディの黒いリムジンにほとんど消しつぶされていた。リムジン自体はコンクリートの島をめぐって元の車線に戻り、方向標示の支柱にぶつかってラジエータと車輪えぐりをへこませてから、今度は反対サイドをウエスタン・アヴェニューへの進入路から入ってきたタクシーにぶつけられた。タクシーはリムジンのバックに頭から突っ込み、そのまま横転して横方向につぶれ、客室とボディとが十五度ばかり歪んでいた。スポーツカーは分離帯で仰向けに寝ていた。警官と消防からなる一団がジャッキで車を横に傾け、囚われたままだった二人の体を運び出していた。

タクシーの横には三人の乗客がひとかたまりになり、胸と足を毛布でおおわれて横たわっていた。救急隊員が手当している運転手はリア・フェンダーにもたれて座り、顔と服の上を特別な皮膚病か何かのように血玉がおおっていた。リムジンの乗客はまだ車室の奥深くに座ったままで、正体はひびの入った窓の裏に封じられていた。

車列をじりじり進みながら、事故現場の脇を通り過ぎた。キャサリンはフロントシートに半分身を沈めていた。見慣れた砕石舗装を横断する、血錆色のオイルが描いた横滑りとスピンは、複雑なガンファイトの振りつけ記号、図表化された暗殺計画であった。対照的に、ヴォーンは窓から上体を乗り出し、死体をつかもうとするかのように両手を伸ばした。リアシートの隅からロッカーからカメラを拾い出し、首に下げていた。視線は壊れた三台の車のあいだでさまよい、口をかこむ傷の白い網膜に、その筋肉ですべてのディテールを撮影しようとするかのようだった。フェンダーのへこみと骨折のすべてを、素早く変わるしかめ面とおどけ顔に記憶した。会って以来はじめて、ヴォーンはすっかりリラックスして見えた。

サイレンを鳴らしながら、三台目の救急車が対向車線を走ってきた。白バイが我々の前に滑り込んで、スピードを落として止まり、停止の合図をして、救急車を通した。わたしはエンジンを切って、キャサリンの肩ごしに奇怪な活人画を見やった。十メートル前方でリムジンが潰れ、その脇に若い運転手の身体が転がっていた。顔と髪に寡婦のヴェールのように網をかける血を、警官が見つめていた。バールと切開具を持った三人の技師がリムジンの後部ドアと格闘していた。ひっかかったドアの蝶番が切り開かれ、閉じ込められていた乗客があらわれた。

二人の乗客、五十がらみの、黒いオーバーを着たピンク色の顔をした男性と、もう少し若く、青白い貧血症の女性とはリアシートに座ったままだった。頭をまっすぐ、接見する二流貴族のようにもたげて、警官と数百人の野次馬を見やっている。警官が、ウエストと腿をおおう旅行用膝かけを引き抜いた。この一動作で、女性の太腿と男の広げた足、はっきり折れた足首がさらし出され、場の状況が一変した。女のスカートはウエストまでずりあがり、股を開いてわざと恥部をみせようとしているかのようだった。左手で窓のストラップをつかんでおり、細い指からこぼれる血が白手袋を染めていた。服を脱ぎかけた女王が秘部に触れよと廷臣に誘いかけるように、警官に向かって弱々しく微笑みかける。相方はコートをはだけて黒いズボンとエナメル靴を見せていた。右太腿はタンゴのステップを踏むダンス教師のように、すらりと伸びていた。女の方を向き、片手をさしのべると、身体がシートから横向きにずり落ちて、かかとで革のスーツケースとガラスの破片を蹴った。

渋滞が動きはじめた。エンジンを入れ、車を前に押し出した。ヴォーンはカメラを構えたが、救急隊員にはたき落とされそうになって下げた。歩道橋の下をくぐる。車から半分以上身を乗り出し、ヴォーンはガードに押しつけられる足の列を見あげ、そして突然ドアを開けて外に飛び出した。

リンカーンを路肩に寄せたときには、歩道橋に向かって駆け戻る姿が、車の陰に見え隠れしていた。

わたしたちはヴォーンを追って現場に戻った。跨線橋を降りてくる車の窓から、幾百の顔が見つめていた。歩道と中央分離帯に野次馬が三重に人垣をつくり、商業地域や住宅地と車道の土手を隔てる金網にはりついていた。警察はとうに群衆を散らすのをあきらめていた。技師たちがつぶれたスポーツカーと取り組んで、運転者の座席高にまで平たくつぶれたルーフをジャッキアップしていた。タクシーの客は担架で救急車へと運ばれた。死んだリムジン運転手は毛布を顔にかけられて横たわり、一方、医師と二人の救急隊員は後部のコンパートメントに乗り込んだ。

わたしは群集を見まわした。子供もかなりたくさんいて、親の肩を借りて高いところから見ていた。警察の回転灯が野次馬の顔を照らしてゆく。金網まで土手を登っていった。野次馬たちは少しも脅えを見せていなかった。現場に向ける視線は、サラブレッドの競りをする聡明な仲買人と同じ、落ちついた研究者のものだった。リラックスした姿勢は、みながとらえがたいものを感じとっている証拠だ。あたかもリムジンのラジエータ・グリルの変形、タクシーのボディ・フレームの歪み、ウィンドシールドのひびのフロスティング・パターンが持つ真の重要性を理解しているかのようだった。

カウボーイ服を着た十三歳の少年が、礼儀正しく、土手にいたキャサリンとわたしのあいだを割って前に出た。ずっとガムを嚙みながら、タクシーの乗客たちが担架で運ばれてゆくのを見ている。ほうきを持った警官が、スポーツカーの横、コンクリートの血痕に撒いた石灰を散らしていた。怪我が生み出す、複雑な人間の公式を解いてしまうのを恐れているかのように、細心の注意を払って、中央分離帯に向けて暗い染みを掃きやった。

ショッピング・モールから空き地を渡って、さらに野次馬が集ってきた。ワイヤーフェンスの破れ目を抜けて登ってくる。我らは共に斜めになったドアからリムジンの二人が引き出される様子を見つめていた。間違いなく、みなの心に素晴しくエロティックな夢想がたゆたっていた。相応の礼儀作法と配慮にのっとって行われる、座席に寝ている若い女の、血にまみれた下腹との想像上の交接行為、観客は順番に前に進み出て壊れたリムジンの車室に乗り込み、各々のペニスをヴァギナに差し入れ、暴力と欲望との婚姻が生み出す無限の未来を種づけするのだ。

眼下のウェスタン・アヴェニュー全体、跨線橋の両斜路まで含めて、この事故の起こした限りない渋滞が延びていた。この麻痺の台風の目に立ち、わたしはすっかりくつろいでいた。際限なく増加してゆく自動車にまつわる強迫観念からついに解放されたかのように思えた。
対照的に、ヴォーンは事故に興味をなくしてしまったようだった。カメラを頭上にかかげ、乱暴に野次馬をかき分けて橋を降りようとしていた。最後の六段を跳びまたぎ、退屈した警官に突撃するのを、キャサリンはただじっと見ていた。あからさまなヴォーンへの関心、腕にかじりつきつつもわたしの視線は避け、ヴォーンの顔の傷に釘づけになっていることにも、わたしは驚かず、怒りもわいてこなかった。すでにわたしは、自分たち三人がこの事故を利用し、それが生の中に生み出す可能性をもてあそぶだろう、と感じとっていた。自分の身体の、そしてヴォーンの身体の傷、二人がはじめて交わす抱擁の手がかりのことを、後に置いてきた事故の生存者の身体に残る傷跡のことを、やがて訪れる彼らのあらゆるセックスの連絡点のことを思った。

最後の救急車が走り去り、サイレンがむせびながら消えていった。野次馬は車に戻り、あるいはフェンスの裂け目へと土手を登っていった。デニム・シャツを着た思春期の少女と、腰に手をまわしたその恋人に追い越された。少年は手の甲で右の乳房を押さえ、拳で乳首を撫でていた。ペナントと派手な黄色い塗装のビーチ・バギーに乗り込み、ホーンをことさらにけたたましく鳴らして走り去る。トラック運転手の上着を着たたくましい男が、妻の尻に手をまわして押しながら土手を登っていった。倒錯したセックスの空気が充満していた。今、我々は友人や見知らぬ者とセックスを祝え、と説教を受けたばかりの会衆であり、まるで予想外のパートナーが演じてみせた血まみれの聖餐式をまねて、夜の中へ走り出そうとしているのだ。

キャサリンはリンカーンのリア・パネルにもたれかかり、股間を冷却フィンに押しつけていた。相変わらず、こちらに顔を向けようとしない。

「運転してくれる？　大丈夫、でしょ？」

わたしは足をやや広げ、手を胸骨に当てて立ち、投光機に照らされた空気を吸い込んでいた。今また、胸と膝を裂いた傷が感じられた。鋭敏でかつ温かい痛みをさずけてくれる優しき怪我、顔の傷を探りもとめた。傷から発する光で身体が輝く。あたかも蘇生した男が、最初の死をもたらした傷跡に浸るかのように。

リンカーンの前輪脇に膝をついた。黒いゼラチン状の物質がフェンダーとホイール・ハウジングを汚し、白線入りのタイヤに泥玉を記していた。ガム状の残滓に指を伸ばして触れた。ホイール・ハウジングには大きなへこみができていた。二年ばかり前、通りに飛び出してきたジャーマン・シェパードをはねたとき、自分の車にできたのと同じ歪みだった。百メートルばかり走ってからとめ、戻ってみると、瀕死の犬を見た小学生の少女二人が、もどしそうになって手で口をおおっていた。

血の染みを指さした。

「犬を轢いたんだろう――見つかったら、血液分析が済むまで、車を押収されるぞ」

ヴォーンは隣にひざまずいて血痕を調べ、しぶしぶうなずいた。

「どうやらそうらしいな、バラード——空港の近くに二十四時間営業の洗車場がある」

彼はドアを開けてわたしを迎え入れた。じっと据える視線には敵意のかけらもなく、今見たばかりの事故のおかげで、リラックスして穏やかになったように見えた。ハンドルの前に座り、ヴォーンが助手席へまわってくるのを待っていたが、彼はキャサリンと一緒にリアシートに乗り込んだ。

車が走り出すと、ヴォーンのカメラがフロントシートで跳ねた。目には映らない、銀色の苦痛と興奮の記憶が、フィルムの暗いリールの中で蒸留されてゆく。背後で、キャサリンのどこよりも敏感な粘膜が、胎動する化学物質を分泌しているあいだにも。

空港に向け、西に車を走らせた。ルーム・ミラーのキャサリンの姿を見つめる。リアシートの中央に座り、外側に突き出した肘を膝に乗せて、肩ごしに高速で走ってゆく灯りを見つめていた。最初の信号でわたしの視線をとらえ、あやすように微笑んだ。ヴォーンは退屈したギャングのように、左膝を彼女の太腿にあずけて寝そべっていた。片手はうわのそらに股間をさぐっている。キャサリンのうなじを見つめ、目で頬と肩の輪郭をなぞっていった。彼女がヴォーンを、その偏執的な態度が彼女にとって不快なるものすべてを代表する男を選んだことも、しごく論理的なように思えた。今目にした多重衝突が、わたしと同じく、彼女の心の罠も開いたのだ。

空港の北西エントランスで車をサービス・エリアに入れた。金網フェンスとウェスタン・アヴェニューへの進入路にはさまれた半島は、レンタカー駐車場、終夜営業のカフェテリア、航空会社のオフィスとガソリンスタンドからなる野営地であった。夕暮れの空に、整備車や旅客機の航空灯と、ウェスタン・アヴェニューと跨線橋を流れゆく幾万個ものヘッドライトが交差した。顔の上で交わる光が、キャサリンを真夏の悪夢の一部、オーロラの生き物のように見せた。

自動洗車機の順番を待つ車が列になっている。暗闇で、三機のナイロン・ローラーが洗浄場所にとめたタクシーのルーフと左右をこすり、金属の構台から水と洗浄液が噴き出す。五十メートル離れて、二人の夜勤係員が壊れた燃料ポンプの隣、ガラス張りの小部屋に座り、トランジスター・ラジオをかけっぱなしにしてマンガを読んでいた。ローラーがタクシーを拭きながら動いていった。車室の中、石鹸水を噴きかけられた窓の向こうにいる非番の運転手とその妻は、透明でミステリアスなマネキンのようだった。

前の車が数メートル前に出た。ブレーキ・ライトがリンカーンの車内を照らし出し、ピンクの光沢で染めた。ルーム・ミラーにリアシートにしなだれかかるキャサリンが見えた。ヴォーンにぴったり肩を寄せている。目は相手の胸、乳首をとりまいて光点のように輝く傷に向いていた。

リンカーンを一メートル進めた。わたしの後ろには暗闇と沈黙のかたまり、濃密な宇宙があった。ヴォーンの手が表面を動いている。わたしは車の航空無線に聴き入っているふりをしていた。橋の下、自分の事故現場のほぼ対称点で起きた事故と、ローラーのにぶい衝撃音とが、わが反応を先取りする。新しい暴力の可能性は神経端でなくただ精神にのみ触れるためにさらに刺激的なものとなって、手首の脇にあるクロームのウィンドウ・ピラーの歪んだ光沢に、リンカーンのフードのへこみに映っていた。キャサリンが重ねてきた不義、いつも心に描いていたのに一度も見たことのなかった情事のことを思った。

係員の片割れがレジから、注油場所近くにある煙草の自販機に歩み寄った。濡れたコンクリートに映る影が高速を走り抜ける車のライトと混ざり合った。すぐ前の車に金属の構台から水が噴き出した。洗剤がボンネットに噴きつけられ、スチュワーデス二人とスチュアードの姿を光にくらませた。

振り向くと、ヴォーンは手をお椀にして妻の右乳房を握っているのだった。

ハンドルに神経を集中し、空いたスペースに車をにじり出した。前方、動かないローラーから最後の水滴が落ちた。窓を巻きおろし、小銭を求めてポケットを探った。ぷっくりふくらんだキャサリンの胸はヴォーンの手でもみ出され、指のあいだで乳首が勃起する。まるで迫りくる男性部隊の口か、数知れないレズビアン秘書の唇にふくまれるのを待ち受けるようだった。やさしく乳首を撫で、美味しそうなイボほどのサイズの三つ目の乳首に親指のつけ根で触れていった。キャサリンは恍惚として自分の胸を見おろし、初めて見るもののように、その特異な形状に見ほれていた。

洗車区画にいるのは我々の車だけだった。周囲に人はいない。キャサリンは足を開いて横たわり、口をヴォーンにさしあげた。ヴォーンは唇で触れ、お返しに自分の傷をひとつひとつキャサリンの口に与えてゆく。それは通常のセックスとはまったく関わりのない儀式、二人の運動と衝突の感覚を再生するための、肉体同士の様式的出会いだった。ヴォーンの姿勢、シート上で妻を動かし、左膝を持ちあげて太腿に自分の身体をはさませる腕の運びは、複雑な乗り物の運転者、新しいテクノロジーを祝福するバレエ体操のそれだった。ゆっくりしたリズムで太腿の裏側をさぐる手は、臀部をつかんで、あらわな恥部に触れないまま傷跡をもつ口に近づけた。キャサリンの身体にさまざまなポーズをとらせ、注意深く四肢と筋肉の暗号を探した。キャサリンはいまだにヴォーンのことをちゃんと認識していない様子で、まったく感情のこもらぬ動作で左手でペニスを握り、相手のアヌスへ指を滑らせた。右手で胸と肩に触れ、肌に残る傷のパターンを、このセックスのために衝突によって特別にデザインされた手がかりを求めて探った。

叫び声がした。煙草を片手に、係員の片割れが湿った闇の中に立って、航空母艦の発艦誘導員のようにこちらを手招きしていた。コインをスロットに入れて窓を閉めた。水が車に噴きかかり、窓を曇らせて外を切り離し、車内はただ計器パネルの灯りのみに照らされる。青い光の洞窟の中、ヴォーンはリアシートに斜めに寝ていた。キャサリンが上にまたがった。腰までスカートをまくりあげ、両手でペニスを捧げもち、口と口はほんの数センチの距離。ガラスに広がる石鹸水で屈折して、遠くのヘッドライトが二人の身体に光をともした。遠未来の半金属人間同士がクロームの寝室で愛を交わしているかのように。構台のエンジンがうなりはじめた。ローラーがリンカーンのボンネットで弾み、吠えながらウィンドシールドに近づき、石鹸水を舞い散る泡に変えた。無数のあぶくがウィンドウではじけた。ルーフとドアでローラーが音を立てはじめると、ヴォーンは尻がシートから浮くほどに骨盤を突きあげた。キャサリンは不器用に陰唇をペニスの上にすえた。さらに大きくなるローラーの吠え声に包まれ、二人は一緒にゆすぶり合った。ヴォーンは両掌で、二つの乳房をひとつにまとめようとするようにつかんだ。オーガズムの瞬間、キャサリンのあえぎ声は洗車の轟音にかき消されてしまった。

　架台がスタート位置まで引き戻った。機械は自動的に停止した。透き通ったウィンドシールドの向こうに、気の抜けたローラーがぶらさがっていた。洗浄液の混ざった水が、暗闇の中、排水口へ消えていく。傷だらけの唇で息を吸い込みながら、ヴォーンは疲労困憊して仰向けに横たわり、困ったような目をキャサリンに向けた。キャサリンが攣《つ》った左太腿を持ちあげるのを見つめる。これまで何百回も見てきた動作を。ヴォーンの指が、胸にあざを、自動車事故の怪我に似たかたちに残していた。手をさしのべて、二人のために次のセックスを手助けしてやりたかった。キャサリンの乳首をヴォーンの口まで押しやり、会陰部を指ししめす座席の斜めの切り開きに沿って、狭いアヌスへペニスを導いてやりたかった。乳房とヒップの輪郭を車のルーフラインに合わせて修正し、このセックスの中に、慈悲深きテクノロジーと二人の身体の結婚を祝福してやりたかったのだ。

　わたしは窓を開けて、メーターにコインを追加した。噴き出した水がガラスを洗い出すと、妻とヴォーンはふたたびセックスをはじめた。キャサリンは、相手の肩をつかみ憑かれたような、だらしない恋人の目で顔を見つめた。頬からブロンドの髪をかきあげ、ヴォーンの身体をもう一度感じようと急《せ》いた。ヴォーンはキャサリンをリアシートに横たえ、太腿を開かせて恥毛を愛撫しながら、中指でアヌスを探る。片尻に体重をあずけてキャサリンにもたれかかり、負傷した外交官と若い女性の、あの事故を起こしたリムジンの車内に座っていた二人と同じ姿勢に持ってきた。向かい合わせに自分にまたがらせ、正面からペニスをヴァギナに挿入し、片手を右脇の下、片手を尻にあてがい、ちょうど救急隊員が車から女性を運び出したのと同じ持ち方で支えた。

　ローラーが頭上をうなりながら過ぎていくとき、キャサリンは一瞬完全に正気に返って、わたしの目をのぞき込んだ。皮肉と愛情がないまぜになった顔には、わたしたち二人ともが認め、準備してきたセックスの論理を受け入れる諦念が浮かんでいた。わたしはフロントシートに座って動かず、ルーフとドアを流れ落ちる白い石鹸が液状のレース飾りとなった。ヴォーンの精液が妻の乳房と下腹をてからせていた。ローラーはうなりながら車を殴りつけ、洗浄液と水の混ざりものがピカピカに磨きあげられた車体を流れていった。サイクルが完了するたびにわたしは窓を巻き下げ、コインをスロットに入れた。係員は売店のガラス窓からこちらの様子をうかがい、架台がスタート位置に戻っていくあいだ、ラジオの音がかすかに耳に届いた。

キャサリンのあげた苦痛の悲鳴は、ヴォーンのたくましい手に口をおおわれてくぐもった。ヴォーンはキャサリンの太腿を腰にのせ、片手ではたき、もう一方の手で柔らかいペニスをヴアギナに押しつけていた。怒りと疲労で顔がくしゃくしゃになっていた。首と胸から汗がしたたり落ち、ズボンのベルトを湿らせた。殴られた跡が、にぶいみみず腫れになってキャサリンの腕と尻に浮かびあがった。疲れ果てて、彼女はヴォーンの後ろのヘッドレストにつかまっていた。あざになった外陰部へペニスが空砲を放つと、ヴォーンはシートにへたり込んだ。もうすでに、のろのろと服を身につける打ちひしがれた女には興味をなくしていた。傷だらけの手ですりきれた座席カバーをさぐり、ザーメンで秘密の図形、占星術記号か道路標識かを描いた。

洗車場から走り去るとき、暗闇の中で、ローラーは静かに液をしたたらせていた。車を取り囲み、数知れぬ白いあぶくだまりが湿ったコンクリートに吸い込まれていった。

18

高速には車は一台も走っていなかった。病院から解放されて以来はじめて、通りから車の姿が消えた。ヴォーンとキャサリンの激しいセックスが、あの乗用車たちを永遠に消し去ってしまったかのようだった。ドレイトン・パークのアパートに向けて車を走らせるあいだ、リアシートで眠っているヴォーンの顔を街灯が照らした。傷ついた口を赤ん坊のように半開きにして、汗の染み込んだシートに寝ている。そこには攻撃性のかけらも見えなかった。キャサリンの陰唇に注ぎ込んだ精液とともに、危機感もまた尽きてしまったかのように。

キャサリンはヴォーンから身を離し、前を向いて座っていた。家族らしい愛情を示すように、わたしの肩に軽く手をあてた。ルーム・ミラーには、頰と首にできたみみず腫れと、神経質な笑みを歪める青あざのある唇が映っていた。醜い傷はキャサリンの真の美しさを示す要素なのだ。

アパートに着いても、ヴォーンはまだ眠っていた。キャサリンとわたしは、闇の中、染みひとつない車の横に、磨きあげたフードを黒い盾にして立っていた。バッグを受け取り、なだめるようにキャサリンの腕をとった。摩耗した砂利じきを歩き出したころ、ようやくヴォーンはリアシートから起き出した。こちらを見向きもせず、おぼつかなげにハンドルの前に座った。てっきり騒音を立てて走り去るものと思ったが、音もなくエンジンを入れて滑って消えた。

エレベーターの中でキャサリンをきつく抱きしめ、ヴォーンが殴った、その打撲のために彼女を愛した。その夜遅く、彼女の身体とあざを探り、唇と頬でやさしく触れ、下腹にひろがる真赤なすり傷にヴォーンがたくましい肉体で押しつけた幾何図形を見いだした。彼の手と口がキャサリンの肌に残していったすり傷のシンボルをペニスでなぞった。わたしが上からのしかかると、キャサリンはベッドに斜めに寝た。小さな足を枕にあずけ、右乳房を手でおおって。穏やかな、愛情あふれる視線を注がれながら、わたしは亀頭で身体に触れ、ヴォーンが位置を定めた想像上の自動車事故の接触点を見つけ出そうとした。

翌朝、シェパートンのスタジオまでドライヴしながら、周囲の車の動きを感じとったとき、ようやく突っ走る車線の中にある喜びを感じた。コンクリート・ハイウェイの優美な運動彫刻を走る、無数の車が作る色とりどりの甲羅は、夢幻の地に出迎えるケンタウロスの群れのように動いていた。

ヴォーンはスタジオの駐車場で、わたしのスペースにリンカーンをとめて待っていた。朝日を浴びる下腹の傷は、ドアにもたれて、わが指の十センチ先に輝いていた。ジーンズのチャックの上に白く乾いた腸粘液が輪を描き、妻の陰部がどこにあたっていたのかを教えてくれる。

ヴォーンがリンカーンの運転席ドアを開けた。ハンドルの前に座る。もう、彼と一緒に過ごすことしか考えられなかった。ヴォーンは隣でわたしの顔を見つめ、手をこちらの頭の後ろに伸ばし、巨大なペニスでジーンズの股ぐらから呼びかけていた。ヴォーンへの真の愛情、嫉妬と愛と誇りを感じていた。キャサリンとはじめて会ったときのように、手を伸ばして身体に触れ、運転しながら太腿に手をのせ、車をとめてヒップに手をまわし、二人でそぞろ歩きをしたいと思った。

イグニションをひねったとき、ヴォーンが言った。

「シーグレイヴが消えた」

「どこへ？　事故シーンはもう撮り終わったが」

「神のみぞ知る。かつらと豹皮コートで車を乗りまわしている。キャサリンを追いまわすかもしれない」

わたしはオフィスを後にした。第一日、我々はシーグレイヴを求めて高速を走り、ヴォーンのVHFラジオで警察や救急無線を聴いた。リアシートにカメラを用意して、ヴォーンは事故のレポートに聴き入った。

その日の終わり、夕方の交通渋滞に薄暮が落ちかかるころ、ヴォーンはすっかり目をさました。わたしは彼のアパート、シェパートンの北、川を見下ろすブロックの最上階を占める、大きなワンルームのフラットまで車を運転していった。部屋じゅうに電子機器が散乱していた

——電子タイプにコンピュータ端末、オシロスコープ、テープレコーダー、ムービーカメラ。何巻ものケーブルが整えていないベッドに積みあげてあった。壁と棚いっぱいに、技術書や不揃いの技術雑誌、ペーパーバックのＳＦ小説、自筆論文の抜き刷りなどが詰め込まれている。ヴォーンはおよそインテリアに気を配っていなかった——金属とビニールの椅子は、郊外のスーパーマーケットからでたらめに選んできたらこうなるだろう、という代物だった。

そのすべてを圧し、アパートはヴォーンのナルシシズムに支配されていた——部屋、風呂場、キッチンの壁じゅうに自分の写真やＴＶ番組のスチル、新聞のカメラマンが撮ったハーフサイズの乾板、それにロケ中のポラロイドのスナップが貼ってある。メイク係の気をひいて喜んでいるところ、カメラマンの隣に立ってプロデューサーにまくしたてているところ。写真はすべて事故以前の時間に属するものだった。それに続く年月は一時的なゼロ領域、うぬぼれの余地も残さぬほど切迫した時期であるかのようだ。だが、シャワーを浴びて着替え、アパートの中を歩きまわるヴォーンは、意識的にその色褪せた像に自分を同化しようとしていた。めくれあがった写真の角を平たく伸ばすのは、もし写真が消えてしまったら、自分のアイデンティティもまた存在しなくなってしまう、と信じているためかもしれなかった。

自分にラベルを貼り、アイデンティティを外部の出来事と結びつけようとする態度には、その夜高速を流しているときにもお目にかかることになった。ヴォーンはラジオを聴きながら隣の助手席に寝そべり、最初の煙草に火をつけていた。浴びたてのシャワーが放つ新鮮な体臭はまずハシッシの臭いに消され、そして最初の事故現場を通り過ぎたとき、股を濡らした精液の、プンと鼻をつく臭いにとってかわられた。現場から現場へ、裏道を縫って車を走らせながら、樹脂の煙でかすむ頭で、アパートの風呂場にいるヴォーンの姿、堅く締まった下腹から力強くそびえる太い男根を思い描いた。膝と太腿の傷はミニチュアの横木、この絶望的興奮を上る階段の手がかりなのだった。

午前の早いうちに衝突事故を三件見た。酔った頭には、まだシーグレイヴを探し出そうとしているのだと一応納得させていたが、すでにヴォーンがスタント・ドライバーに興味をなくしているのはわかっていた。三番目の事故のあと、警察と救急隊員が去り、最後まで残っていた長距離トラックの運転手が車に戻ると、ヴォーンは煙草を捨て、危なっかしい足どりで、油膜の広がるコンクリートを渡って高速の土手へ歩いた。中年の女歯科医が運転する大型のセダンが、横滑りしてガードレールを突き破り、放棄された家庭菜園へ逆さまに落ちたのだ。わたしはヴォーンの後を追い、ガードの裂け目から、ひっくり返った車に近づいてゆく姿を見守った。ヴォーンは膝丈の草をかき分けて歩き、警察が捨てていった白いチョークのかけらを拾いあげた。割れたガラスと溶接物の鋭く尖った刃に触れ、ひしゃげたルーフとボンネットを押し込んでみた。一服してから、まだ温かいラジエータ・グリルに向かって放尿し、夜の空気に蒸気の雲を立ち昇らせた。半立ちのペニスを見下ろし、その奇妙な器官の意味を教えてくれと頼むように、曖昧にわたしを見あげた。そして右手のフロント・ウィングにペニスを押しつけ、チョークで黒いラッカーの上に輪郭をかたどる。考え込むように見つめていたが、満足すると、車のまわりをめぐり、ペニスの肖像をドアや破れた窓、トランクの蓋、リア・フェンダーに記していった。鋭利な金属から手でペニスを守りつつ、ヴォーンはフロントシートにもぐり込み、計器パネルと中央の肘かけにもペニスの輪郭を描いた。衝突か、あるいはセックスのエロティックな焦点を見つけ出し、自身の性器と粉々になったダッシュボード・ビナクル、中年女が頭を割って死んだ場所との婚姻を祝福しようとする。

ヴォーンにとっては、車体スタイルのほんの小さなディテールひとつにも生命が宿っており、運転者の手足や感覚器と同じように重要なものだった。信号で車をとめさせ、駐車している車のワイパー台とウィンドシールドの接合点にじっと見入った。米国製のセダンやヨーロッパのスポーツカーの、手信号を出すことを一切考慮していない車体構造に喜んだ。ビュイックやフェラーリの新車を見つけると、三十分も後ろをつけまわし、車の装備やバックのくりがたを調べつづけた。シェパートンの裕福なパブ主人が持っていたランボルギーニのまわりをうろついていて、警察に数回誰何《すいか》されたこともあった。ヴォーンは憑かれたようにウィンドシールド・ピラーの正確な傾斜角を、ヘッドライトの日よけの突出を、ホイール・ハウジングの張り出しを写真にとらえようとしていた。フェンダーの放熱孔、ステンレス・ボディのくりがた、ワイパーまわり、ボンネットの鍵とドアの掛金の金属デザイン上の訛りにとり憑かれていたのだ。

ウェスタン・アヴェニュー沿いのスーパーマーケットの駐車場を、ビーチをそぞろ歩くように散歩して、若妻がバックで出庫するコルヴェットの高くもたげたフェンダーに見ほれた。フロントやリアの風受け板を見ると、極楽鳥でも見つけたかのように恍惚として見とれた。高速を流しているときも、よく、ヴォーンに促されて車線境界線をまたぎこすことがあった。対向車線を走ってくるクーペの陽光に輝くルーフラインを正確にとらえ、単純なリア・パネル構造の完璧なプロポーションを味わうために。自動車のスタイルと身体の有機的要素の関係を解く方程式をヴォーンはつねに行動で示した。リア・フェンダーを切り詰めたイタリアのコンセプト・カーの後ろを走るときには、あいだに座る空港娼婦に対するヴォーンの身ぶりは一層誇張され様式化して、波打つような会話と肩の動きで退屈した女を困惑させるのだ。

ヴォーンにとって、毎夕盗み出して一時間ばかり乗りまわすリンカーンをはじめとする他人の車のカラフルなインテリアは、暗いハイウェイを走らせながら脱がしてゆく若い娼婦の下半身に正確に対応していた。裸の太腿がパステル・カラーのビニール・パネルに声をあわせ、ディープ・コーン型スピーカーは尖った胸の輪郭を再現していた。

自動車の内装は色とりどりの女体が織りなす万華鏡だった。たくさんの手首と肘、太腿と恥部とが自動車の輪郭線ととこしえに変わらぬ婚姻を結ぶ。ヴォーンと並んで空港の南、外周に沿って走ったことがあった、わたしは斜面の頂点近くで危なっかしく車をとめ、スタジオの近くでヴォーンが拾った女学生のあらわな乳房を祝った。チュニックから引き出した白桃の完璧な均整が浮かびあがる湾曲した路面を走る車の動きによって。

脂ぎって臭い不健康な肌をしたヴォーンの肉体は、細密な信号に彩られた自動車道に出ると、どぎつい奇形の美に輝いた。ウェスタン・アヴェニュー立体交差のコンクリート基部に沿って、五十メートル間隔で路肩に突き出す控え壁は、ヴォーンの傷だらけの肉体の断面図を描き出した。

何週間ものあいだ、わたしはヴォーンのお抱え運転手の役割を演じて、空港とそのホテルにたむろするプロやパートタイムの娼婦を買う金を与えてやり、彼がセックスと自動車をつなぐあらゆる間道を探索するさまを見守った。ヴォーンにとっては、自動車はセックスにふさわしい唯一最大の場所だった。女に応じて違うセックスを試した。走っている道路、混み方、運転スタイルに反応するかのように、ペニスをヴァギナに、アヌスに、口に挿入した。

だがまったく同時に、ヴォーンは、自動車内での最大の性行為、特別の体位と場所を将来のために取っておいているようにも感じられた。セックスと高速道路の運動感覚のあいだに彼がつくった明快な方程式は、どこかでエリザベス・テイラーへの妄執と結びついていた。ヴォーンは彼女との性行為、多重衝突の中で死ぬ心中を思い描いていたのだろうか？　午前中と午後早くは彼女の後を、ホテルから撮影スタジオまで追いかけた。自動車ＣＭへの出演交渉が失敗に終わったことは教えなかった。彼女が出てくるのを待つあいだ、細かく手を震わせ、後部座席で煩悶しつづける。まるで女優との何百回もの交接を無意識のうちに早まわしで演じているかのようだった。ヴォーンはかの女優とシェパートン・スタジオまでの道筋にまつわる概念的性行為を断片化し、組み立てていた。車から手を出してグロテスクにぶらさげる仕草は、今にも腕をひっこ抜いて、血まみれのまま後続車の車輪に放り込もうとするかのようだ。乳首に寄せるかたちに歪める口元。そうした意識的な身ぶりは、心の中で巻き解かれていく恐ろしいドラマの、自分自身の死をクライマックスにおいたセックスの個人的リハーサルなのだった。

最後の数週間、ヴォーンは自分のセックスで秘密のガイドブックに記された場所に触れ、精液で未来のドラマへの通路をマッピングしていった。徐々に、警察との関係も険悪になってきた。ある夜、ラッシュ・アワー中、ヴォーンは、青信号でとまって後続の車を妨害しろ、とわたしに命じた。ヘッドライトを閃かせ、パトカーが脇につけた。助手席の警官は、ヴォーンのよじった姿勢を見て、ひどい事故にみまわれたものと思った。ヴォーンは隣にいた二十歳前のスーパーのレジ打ち少女の顔を隠しつつ、怪我を負ってつぶれたリムジンから運び出されたあの外交官と同じポーズをとった。ぎりぎり最後の瞬間、警官が車から降りてきたとき、わたしは抗うヴォーンを無視してアクセルを踏み込んだ。

リンカーンに飽きたヴォーンは、空港の駐車場から、ヴェラ・シーグレイヴにもらった業者用の合い鍵を使って、他の車を借り出した。パリやアムステルダム、シュツットガルトに出かけたオーナーが日中駐車している車に乗り込み、飽きたら夜に元の駐車箇所に戻してとめた。もはやわたしには、ヴォーンを止める気力を呼びおこせず、彼の言うがままだった。ヴォーンが自動車の車体に魅いられているのと同じくらい、わたしは彼の引き締まった肉体に魅せられて、高速道路と交通渋滞、盗んだ車とヴォーンの放射するセックスからなる、暴力と興奮のシステムにとらわれていたのだ。

ヴォーンと過ごした最後の時期、毎夜車に連れ込む女は、いよいよかの映画女優と顔貌も背格好もそっくりになってきた。黒髪の女学生は若い頃のエリザベス・テイラーであり、他の女たちは中年以降の姿を示していた。

19

ヴォーンとガブリエル、そしてわたしはアールズ・コートの展示場で催されたモーター・ショーへ出かけた。落ちつき、雄々しく、ヴォーンは人混みを先導していった。突き出した傷だらけの顔はガブリエルの引きずる足に対する同情的反応であるかのようだ。ガブリエルは、展示台に載った何百台もの車のあいだを、ワックスを塗り込めたクロームの車体が、大天使軍団が戴冠式に用いる武具のごとく輝く中をそぞろ歩いた。かかとでくるりとまわってみせ、清浄なる自動車から無限の喜びが湧き出るごとく、傷だらけの手を塗料に重ね、むずかる猫のように、怪我したヒップを座席で転がした。白のスポーツカーを見せようとするメルセデスの若いセールスマンの気をひき、副木《そえぎ》をつけた足で運転席にあがるのに手を借りて、相手を赤面させて楽しんだ。それを見てヴォーンは口笛を吹いた。

ブースと回転する車のあいだを通り抜けていった。ガブリエルは自動車会社のエグゼクティヴとコンパニオンを縫って競歩で歩いた。わたしの目は下肢装具に、変形した太腿と膝に、揺れる左肩に吸いつけられた。彼女の肉体のかけらは、回転台の上の光輝く機械をさし招き、傷口と抗えと誘いをかけた。日本製小型セダンに乗り込み、完璧な均整を誇る機械と同じ、青白い光を浴びて、退屈そうな視線を傷もないわたしの身体に向けた。ヴォーンは車から車へ彼女を引きまわし、台に登るのを助け、スタイリング部門の練習課題のような特別製コンセプト・カーの操縦席に座らせ、贅を尽くしたリムジンのリアシートに、超活動的な技術王朝における邪悪な女王の如く君臨させる。

ヴォーンがせかした。

「ガブリエルと歩くんだ、バラード。さあ、腕を組んで。彼女も待ってるぞ」

ヴォーンに命じられて位置についた。シーグレイヴを見かけた、と言い訳してヴォーンが消えると、わたしはガブリエルと一緒に身障者用の車を見に行った。宣伝員と、補助コントロールの取りつけやブレーキ・ペダル、手で操作するクラッチについてわざと硬い話を交わす。その間ずっと、不具者の運転操作を生み出す悪夢のテクノロジーに照らし出されるガブリエルの身体部位を見つめていた。左右に体重を移す太腿を、脊椎装具のストラップに押さえられた左乳房のふくらみを、恥部を包む角ばったカップを、腕に重たい彼女の手を見つめた。ガブリエルはウィンドシールドごしに見返した。何か卑猥なことが起きるのを待つように、クラッチ・ペダルをもてあそびながら。

ガブリエルがヴォーンに含むところがあったわけではないだろうが、先に、彼女の小さな車の中で、奇怪なかたちをした身障者用運転補助具に囲まれてセックスしたのはわたしの方だった。装具や下着のストラップをかき分けて探求していった肉体、その尻と足の未踏地域が、わたしを特異な袋小路へ、肌と筋肉の奇妙な逸脱へと連れていってくれた。歪んだディテールのひとつひとつが、新しい暴力の興奮を呼び起こす性的メタファーとなる。角ばった輪郭を持つ身体——粘膜と生え際の、括約筋と海綿体の思いがけない交差点は収穫さるべきあまたの倒錯の可能性を寄せあつめたものだった。空港フェンスの近く、明かりを消した車で隣同士に座り、手にとらえた白い乳房は離陸する飛行機に照らされ、乳首の優しさとそのかたちはわたしの指を犯そうとするかのようだった。二人のセックスは探索の苦行だった。

慣れない運転装置をあやつり、ガブリエルが空港まで車を走らせてゆく。あべこべになったペダルとクラッチ・レバーは、彼女のために——おそらくは、このはじめての性行為にあわせて——あつらえられたものだった。二十分後、体を抱きしめると、体臭と混じり合った、からし色の合皮のショールーム臭がプンと鼻をついた。貯水池の近くで車をとめ、飛行機が着陸するのを眺めた。左肩を胸に抱きしめ、身体をつつみ込むシートの輪郭を、半球形につめものをしたレザーが装具と背帯にあわせてくぼむさまを見つめる。右乳房に手をまわそうとしたが、不思議なかたちをした内装に邪魔をされた。予想もしていなかった操作器具がハンドルの下から突き出している。クローム・レバーのかたまりが、ハンドルに鉄のピボットでネジどめされていた。床に埋め込まれたチェンジレバーがそのまま垂直に伸び、運転する手をひな型にした、クローム製の握りがついている。

新しい媒介変数、自分を包む忠順なテクノロジーの抱擁を認めて、ガブリエルは仰向けに寝た。知的な瞳で、自分の手が、輝けるクロームの失われた鎧を求めるかのように、わたしの顔と顎に触れてゆくのを見つめていた。左足を持ちあげ、下肢装具をわたしの膝にあずけた。太腿の内側、赤みのさした肌に、ストラップが、バックルと締め金のかたちにくぼみを掘り抜いていた。左足の装具をはずし、バックルが深く刻んだ溝に指をすべらせる。肌のくぼみは熱く柔らかく、ヴァギナのぬめりよりも強くわたしを誘う。発育不全の孔、いまだ胎内にあって陥入段階にある性器を見て、自分の身体の小さな、ダッシュボードとハンドルをかたどる傷跡が思い出された。太腿のへこみ、脊椎装具がつけた、乳房の下から右脇にまわる溝、右上腕内側の赤いしるし――それは新しい性器のテンプレートであり、幾百の衝突実験が生み落とす性的可能性のくりがたとなる。尻の谷間へ手を滑らせてゆくと、右腕に、シートから出っぱった見慣れぬかたちを感じた。車の中は影におおわれ、ガブリエルの顔も隠されている。顔をヘッドレストにあずけて口づけを催促されたが、わたしは与えなかった。乳房をてのひらに受け、わが粘液と何か喜ばしい薬とが混じり合ったかぐわしい香りが立ち昇る冷たい乳首にキスした。しばし、ふくらんだ乳首に舌を這わせ、それからゆっくりと乳房を味わっていった。どういうわけか、それが合成ゴム製で、毎朝、脊椎装具や副木と一緒に身につけるもののような気がしていて、本物の肉であることに軽い失望を覚えた。ガブリエルはわたしの肩にもたれるように浅く座り、人差し指で下唇の内側を、爪で歯をさぐっていた。はだけた肌にゆるめた装具やストラップが融け合った。肉の薄い恥部に指を這わせ、薄い恥毛の感触を味わう。だが、彼女は腕の中にじっと抱かれるがまま、口すらほとんど動かさなかった。この退屈した不具女は、性行為の通常の交差点――乳房と男根、アヌスと女陰、乳首とクリトリス――はもはや我々にはなんら興奮の対象ではない、と気づいていたのだ。

頭上、暮れゆく夕空を、東西に伸びる滑走路に沿って飛行機が飛んでいった。ガブリエルの身体から心地よい外科臭、鼻をつく合皮の臭いがたゆたった。クロームのレバーが影の中に突き出し、銀色の蛇の頭、金属の夢に棲む生き物となった。ガブリエルは唾を一滴わたしの右乳首にたらして機械的に撫で、普通セックスと呼ばれているものとのささやかなつながりを守るふりをする。お返しにわたしは恥部を愛撫し、内に尖るクリトリスをさぐった。二人を囲む銀色の操縦装置はテクノロジーと運動システムのなしとげた偉業だった。ガブリエルの手が胸を動きまわる。指が、わたしの左鎖骨の下にある小さな傷、計器パネルのビナクルが残した四分円を見つけた。弧をなすくぼみに唇が触れたとき、はじめて、ペニスが脈打つのを感じた。彼女はズボンからペニスを引き出し、それから、胸と下腹にある別の傷をさぐって、それぞれに舌の先で触れた。順番に、ひとつひとつ、ダッシュボードと操縦パネルが書き残していったサインを確認してゆく。彼女がペニスをしごくのに合わせ、恥部から太腿の傷に手を動かし、衝突車のハンドブレーキが切り開いた柔らかな土手道を感じた。右腕で肩を抱き、レザー・クッションの刻印、半球体と直線が触れ合う場所を味わった。太腿と腕の傷をさぐり、左乳の下にある傷跡に触れ、そのお返しに彼女はわたしの傷をさぐった。それぞれの衝突事故が開いたセックスの暗号を、手をとり合って解読していく。

太腿の深い傷でわたしは最初のオーガズムを迎えて、運河に精液をほとばしらせ、しわのよった溝を潤した。ガブリエルは手にザーメンを受け、銀色に光るクラッチ・レバーになすりつけた。おかえしに左胸の傷を口で吸い、鎌型のくぼみを探索する。ガブリエルは座席に身を沈め、右のヒップに手が届くように体を回した。今はじめて、不具の女へのあわれみはすっかり消え去り、自分自身の車の装備によってうがたれた抽象的な孔を、わたしは心から祝福した。それからの数日間、わたしは左乳の下の傷か、左脇の下、首や肩の傷口の中にしか射精しなかった。ウィンドシールドの放熱孔やダッシュボードとの高速衝突が作った性的開口と、わがペニスとを介して、わたしがぶつけた車とガブリエルを殺しかけた車とが婚姻を結ぶ。

わたしは開口部のレパートリーを広げてくれるかもしれない新たなる事故を、とこしえに複雑な未来のテクノロジー、自動車工学における諸要素を組み合わせて夢見た。いまだ見えざる熱核反応エンジン技術の白タイル貼り制御室の、コンピュータ回路の神秘のシナリオの性的可能性を表現するのはどんな傷だろうか？　ガブリエルを抱擁しながら、ヴォーンの教えにならい、美女や有名人を巻き込む事故を、エロティックな夢想が立ち昇る傷を、想像もできないテクノロジーの可能性を祝う、特別なセックスを思い描いた。夢の中ではじめて、これまでいつも恐れていた負傷と死の光景と向き合えるようになった。妻が高速で起こした事故で死に、顔と口がつぶれ、ハンドルの破片が会陰部に新しく刺激的な口を開ける光景を見た。ヴァギナでもアヌスでもない、深遠なる愛情につつまれた口を。映画女優とTVスターの負傷を、体じゅうに幾十もの補助孔、自動車工学のひずみにうがたれた視聴者との性的交差点が花開いた光景を思い描いた。さまざまな年格好の母の身体が、度重なる事故に傷つき、いよいよ抽象的な、手のこんだ孔におおわれていく光景を見た。こうして近親相姦もますます純粋思索に近づき、ようやく、母の抱擁と姿態とに折り合いをつけられる日が来る。わたしはしたり顔の幼児嗜好家の夢想、衝突事故の怪我で奇形となった子供を買って、自分自身の傷を負った性器で子供の傷をいたわり潤す光景を、年老いた肛門性愛者《ペデラスト》が若者の手術した人工肛門に舌をさし込む光景を夢見た。

　この時点ではキャサリンのすべての側面が何かのモデルとなり、身体と精神の無限の拡張性を試してゆくように思われた。風呂から裸で歩み出し、心乱れた一瞥を投げてすれ違うさま。朝、ベッドで自慰をして、両足を左右対称に開いて投げ出し、性病の小さなイボをつぶすように指が恥部を這いずるさま。消臭剤を腋下の、神秘の宇宙にも似た優しいくぼみにスプレーするさま。一緒に車まで歩くとき、左肩で陽気に踊る指先のさま。そうした行為、そうした感情のすべては、我らの精神の、クロームの堅い装備品の中に意味を探す暗号なのだ。やがて彼女の死を招く自動車事故が胎内で待ち受ける記号を解放するだろう。キャサリンの隣に横たわり、生命が息づく尻の谷間に手を差し入れる。夢と虐殺の計画に満ちた二つの白い半球をかわるがわるに持ち、そのかたちを測った。

わたしはキャサリンの死を計画するようになった。ヴォーンがエリザベス・テイラーのために書いた筋書きよりも、ずっと豊かな出口をこしらえてやろう。その夢は、高速道路を走りながら二人で交わした愛の、小さなかけらとなるのだった。

20

この頃には、たといかの映画女優が自動車事故で死ななくとも、ヴォーンはすでに死のあらゆる可能性を創造してしまった、とわたしは確信していた。何百キロもの走行と何百回ものの性交から、ヴォーンは必要な要素を選び出していた。ウェスタン・アヴェニューの高架線は、わたし自身の事故とヘレン・レミントンの夫の死に試され、十七歳の女学生との口腔性交によって性的符号を記されていた。黒のアメリカ製リムジンの右フェンダーは、左窓にあずけたキャサリンの腕に記録され、勃起しっぱなしの中年娼婦の乳首に祝福されていた。女優本人は、車から降りたとき、半開きのドアに軽くつまずいてしかめた顔を、ムービーカメラのズームレンズごしにヴォーンに撮られていた。加速する車、変わる信号機、揺れる乳房、さまざまな路面状態、親指と人差し指で植物標本のように優しく摘みあげたクリトリス、様式化したあまたの運転姿勢と動作――すべてがヴォーンの心に保存されており、いつでも呼び出して暗殺凶器に利用する用意ができている。ヴォーンはくりかえし、わたしに知る由もない女優の性生活について訊ね、キャサリンも動員して廃刊した映画雑誌を調べさせようとした。ヴォーンのセックスは、ほとんどが想像で作った女優のカーセックスのイミテーションだった。

とはいえ、有名人を自動車内に招き入れる想像上のセックス自体は、ヴォーンにはとっくになじみのものだった。政治家、ノーベル賞学者、世界的な運動選手、宇宙飛行士、犯罪者――そして同じく彼らの死をも。空港の駐車場を歩きながら、借用する車を物色する最中にも、ヴォーンはわたしを詰問し、マリリン・モンローやリー・ハーヴェイ・オズワルドが車内でセックスをしたらどうだろうか、アームストロング船長なら、ウォーホルなら、ラクエル・ウェルチなら……何年型のどの車を選び、どんな体位で、どこの性感帯を好み、ヨーロッパ、アメリカのどのフリーウェイ、どの高速道路を走るだろうか、と問うた。ヴォーンの精神の高速を走り去る彼らの肉体は、無限の性と愛、優しさとエロティシズムを蓄えていた。

「……モンローがオナニーするところ、それとも、じゃあオズワルドは――右手を使うのか、左手か？　どっちだろうか？　それから計器パネルは？　くり抜いたビナクルか、ぶら下がってる奴か、早く達するのはどっちだ？　ビニールシートの色とウィンドシールド、それで決まるんだ。ガルボとディートリッヒは、老人学的手法も必要か。ケネディ家からは最低二人が特別に自動車に関わって……」つねにわざと自己パロディへと逸れていく。

だが、ヴォーンの最後の日々には、衝突車に対する強迫観念はひどく混乱したものになっていた。かの映画女優と、みずから考案した彼女のセックス‐死に対する固着は、望んだ死がかなわないために、逆にいっそう欲求不満の元になっているようだった。高速道路を流すかわり、車をドレイトン・パークにあるわたしのアパート裏の人気《ひとけ》のない駐車場にとめ、濡れたマカダム舗装に遊ぶ光に映える、プラタナスの落葉を見つめた。何時間も、ヴォーンは警察や救急無線に聴き入り、大きな体をいらつかせて、マリファナの吸いさしと古びたタンポンがあふれる灰皿をはたいた。彼のことが心配だった。太腿と下腹の傷を愛撫し、わたしの体を、女優の想像負傷と同じ場所に記された自動車傷を差し出してやりたいと思った。

わたしがもっとも――すでに心の中では現実になっていたヴォーン自身の死の次に――恐れていた事故が、その三日後、ハーリントン退避路で起こった。警察無線で、映画女優エリザベス・テイラーを巻き込んだ多重衝突発生、という誤報があり、続いて訂正報が入ったとき、ただちに、誰が死にいたる試練を試みたのかわかった。

リンカーンを西に走らせ、事故現場へ向かうあいだ、ヴォーンは隣で辛抱強く待っていた。あきらめたような目で、退避路ぞいのプラスチック工場とタイヤ倉庫の白いファサードを見つめていた。三重衝突の詳細を伝える警察無線に耳を傾けながら、だんだんにヴォリュームを大きく、最終的確認が最大音量になるべく操作するかのように、まわしてゆく。

三十分後、ハーリントンの事故現場に着き、跨線橋の陰になった路肩の草地に車をとめた。高速交差点の中央で三台の車が衝突していた。最初の二台――グラスファイバー製のカスタム・メイドのスポーツカーと銀色のメルセデス・クーペ――は、直角にぶつかりあい、ともに車輪を吹きとばしてエンジン・コンパートメントが融合していた。五〇年代風、球型と流線型モチーフの寄せ集めでできたスポーツカーの後ろに、運転手つきの公用セダンが追突している。緑の制服を着た若い女性運転手はショック症状ながら怪我はなく、ボンネットをスポーツカーの後部に埋めた自車から助け出された。粉々になったファイバーグラスが、つぶれた車体のまわりに、ファッション・デザイナーのスタジオにばらまかれたスタイル画のように散乱していた。

スポーツカーの運転手は操縦席で死んでいた。二人の消防隊員と警察巡査が曲がって突き出した計器パネルから死体を引きはがそうと奮闘中だった。女物の豹皮コートは大きくはだけ、つぶれた胸を見せていたが、白いプラチナ・ブロンドの髪はまだきちんと束ねたまま、ナイロンのヘア・キャップにおさまっていた。隣のシートに、猫の死骸のように見える黒いかつらがあった。シーグレイヴの痩せて、消耗しきった顔は安全ガラスの破片におおわれていた。まるで彼の肉体はすでに結晶化し、この窮屈な次元から、はるかに美しい宇宙へと脱出していったかのようだった。

わずか一、二メートル離れて、銀のメルセデス・クーペの女性ドライバーは、破れたウィンドシールドの下、シートに横たわっていた。そのまわりを、乗り出すように野次馬が囲み、つぶれた車室から女性を助け出そうとする救急隊員の邪魔をする。あいだを割って毛布を持ってきた警官に女の名を訊ねた。女は元ＴＶキャスターで、全盛期は数年前に過ぎていたものの、クイズ番組や深夜のトークショーで今でも時折見る顔だった。上半身を起こされたところをのぞき、青ざめて生気のない、老婆のような顔を認めた。顎からつたい落ちる乾いた血のレース模様は黒いよだれ掛けとなっていた。担架に移されると、野次馬どもは太腿と下腹部の傷に尊敬の眼を向け、救急車へ道を開いた。

ツイードのコートを着て、スカーフを巻いた二人の女が押しのけられた。腕をいっぱいに突っ張って、ヴォーンが二人のあいだに割り込んできたのだ。目はうつろだった。係員が持った担架の取っ手にしがみつき、そのまま救急車まで引きずられていく。女性は鼻をかさぶたで塞がれてしゃくりあげながら、車の後部に運び込まれる。わたしは叫び声をあげかけた。横臥した女性の上に身をかがめたヴォーンの興奮具合から、ペニスをむき出して、血があふれる喉に突き入れるのかと思ったためだった。ひどく取り乱した様子を見て、親戚か何かと思った救急隊員はヴォーンに前を開けた。が、警官はヴォーンの顔を知っており、てのひらで胸を突き飛ばして、さっさと失せろ、と叫んだ。

巡査を無視して、ヴォーンは閉じたドアのまわりをうろつき、それから突然群衆の中へ身を翻《ひるがえ》し、瞬時方向を見失った。無理矢理人をかきわけてスポーツカーの前まで行くと、自信なげにシーグレイヴを見おろした。ガラスの破片からなるきらびやかな鎧甲で身をおおい、死んだマタドールのように光のスーツを着ている。手はしっかりウィンドシールド・ピラーを握りしめたままだった。

スタントマンの死と、車のまわりに散乱した映画女優の衣装の端布――それもまた衝突計画の小道具のはずだった――とにショックを受け、混乱して、野次馬をかきわけヴォーンを追った。うつろな表情で銀色のメルセデスの周囲をさまよっていた。目は血の飛び散ったダッシュボードと座席に釘づけで、事故のあと、どこからともなく物質化した奇妙ながらくたをひとつも見のがすまいとしていた。宙に動かす手は、シーグレイヴが車内でぶつかった瞬間の内部衝撃の弾道を、マイナーTVタレントと計器パネルの二次衝突の機械モーメントを計算している。

あとになって、ヴォーンがなぜあんなにも狼狽していたのかわかった。問題はシーグレイヴが死んだことではなく、エリザベス・テイラーのかつらと衣装を身にまとった衝突というかたちで、自分に用意していた真の死を先取りしてしまったことにあったのだ。彼の心の中では、この事故以来、かの映画女優はすでに死んだものとなった。あとヴォーンに残されているのは時間と空間の公式を案出することだけだった。シーグレイヴの車の血まみれの祭壇ですでに祝われていた自分自身との婚姻に女優の肉体を誘うすべを。

肩を並べてリンカーンまで戻った。ヴォーンは助手席のドアを開け、今、はじめて見るような目でわたしを見つめた。乗れ、と身ぶりをして。

「アシュフォード病院だ。シーグレイヴは解剖のため、あそこに運ばれるはずだ」

「ヴォーン……」彼をなぐさめる方法をさがした。太腿に触れ、左拳を口に押し当てたかった。

「ヴェラに知らせなくては」

「誰に？」ヴォーンの目が一瞬だけ澄んだ。

「ヴェラなら、とっくに伝わっている」

ヴォーンは、ポケットから垢《あか》じみた四角い絹のスカーフを取り出した。丁寧に、二人の座席のあいだに広げる。中央には血が染みた三角形の灰色の革片が載っていた。血は乾きかけてまだ明るい洋紅色だ。試みに、ヴォーンは指先を血に浸し、口元に近づけて味わった。それはメルセデスのフロントシートから切り取った、女性の下腹の傷からこぼれて股間を濡らした血であった。

催眠術にかかったように、ヴォーンはかけらを見つめ、三角形の頂点から横断するように縫い込まれたビニール布をつついた。端切《はぎ》れはあたかも聖遺物、手か脛《すね》の聖骨のように我々のあいだに横たわっていた。ヴォーンにとっては、この革片は屍衣の脇の下を汚す染みほどに美味しく刺激的で、現代のスーパー・ハイウェイの殉教者たちの特別な魔法と治癒の力すべてを含んだものなのだ。貴重な数平方センチの端切れは、瀕死の女陰に押し当てられ、傷ついた性器から流れる血を受けたものだった。

病院の玄関でヴォーンを待った。すれ違う医師たちの警告の叫びを無視して、彼は外科病棟へ走り込んだ。わたしは門外に車をとめて座り、自分が怪我して運び込まれることになったら、ヴォーンはカメラを携えて外で待つのだろうかと考えた。今、この瞬間にも怪我を負った女は死につつあるのだろう。血圧は下がり、循環が止まった体液で内臓はふくれ、幾千もの動脈に淀んだデルタが堤防となって血流の流れを押しとどめる。緊急外来の金属ベッドに寝ている女を、自分自身の死への通過儀礼、おぞましきハロウィーンでかぶる仮面のような血まみれの顔と折れた鼻梁を思い描いた。肛門とヴァギナの下がってゆく体温を記録するグラフを、死にゆく脳の最終幕をかざる、脳波計の急勾配を想像した。

どうやらリンカーンを見たらしく、交通警官が歩道を近づいてきた。わたしがハンドルの前に座っているのを見ると、そのまま歩いていったが、その一瞬だけは、ヴォーンと、あいまいな犯罪と暴力のイメージと結びつけられたのが嬉しかった。衝突現場の事故車を、最後のアシッド・トリップをしながら死んでいったシーグレイヴのことを思った。錯乱したスタント・ドライバーとの衝突の瞬間、テレビ女優は最後の演技を披露する。ダッシュボードやウィンドシールドの様式化した輪郭線と女優の肉体とが、優雅な肢体に荒々しくぶつかり合うドアや隔壁とが結び合った。道路交通研究所で見た模擬衝突のような、スローモーションで上映される事故を思い描いた。女優が計器パネルと衝突し、大きな乳房を持つ胸郭の重みでハンドルが押し込まれるさまを想像する。ゲーム番組でさんざん見慣れたスリムな手が灰皿や計器パネルの剃刀のように鋭い放熱孔に切り裂かれる。自意識の強い女の顔、くりかえされたクローズアップで理想化された、四十五度の横顔が、もっとも美しく見せてくれる濃密な光を浴びてハンドルの弧の上にぶつかる。鼻梁がつぶれ、上門歯が歯肉を突き通して軟口蓋を貫く。この切断と死は、衝突するテクノロジーによるイメージの戴冠式となり、手足と顔面を、身ぶりと肌色をそれぞれに祝福するのだ。事故現場にいた観客たちは各々、女の暴力的変身のイメージを、そのセックスと過烈な自動車テクノロジーが融け合う傷複合体のイメージを持ち帰る。各々が自分の自動車を媒介にして、様式化した姿勢で運転席に座るとき、自分自身の想像力を、優しい粘膜の表面を、林立する海綿体を、この二流女優の傷につけ加えるのだ。各々が血を流す孔に口をつけ、左手の傷口に鼻中隔を重ね、切開された人差し指の腱にまぶたを、ヴァギナの破れた側壁に勃起したペニスを押しつける。自動車事故によって、待ち望まれていた女優とその観客との最後の合一がようやく実現するのだ。

ヴォーンと過ごした最後の時期は、わたしの心の中では、想像上の死を思うときの興奮、ヴォーンと共にあって、その論理を完全にわがものとしていることの歓喜と切り離せない。だが、こちらを献身的弟子へと改宗させたにもかかわらず、ヴォーンは陰鬱で静かだった。高速道路のカフェテリアで食事をしながら傷だらけの口いっぱいにアンフェタミンを頬張っても、興奮剤の効果は、その日の終わりにわずかに見られるのみだった。ヴォーンの決意はゆらいでいるのだろうか？　すでにわたしは支配的役割を荷なうようになっていた。ヴォーンからの指示がなくとも、警察や消防無線を聴き、大型車で進入ランプを上り下って渋滞と衝突を追いかけた。

我々二人のふるまいもまたますます様式化して、ベテランの外科医か軽業師、コメディアン・コンビのようになってきた。負傷者たちが、早暁の霧に包まれ、車道脇の草地に呆然と座っている光景を、あるいは計器パネルに串刺しにされているさまを見ても、もはや恐怖も嫌悪感もなかった。ヴォーンとわたしが感じていたのはプロフェッショナルらしい乖離であり、そこには、なんらかの真実の媒介が啓示されていた。これまでおぞましい大怪我を見たときに感じた恐怖や本能的反発は清明な認識に、その傷を我らの夢想とセックスの言葉に翻訳してやることが傷つき死にゆく存在にふたたび息を吹き込む唯一の方法なのだ、という悟りにとってかわった。その夜早く、顔面に大怪我を負った女性を目撃したあと、ヴォーンは、中年の銀髪の娼婦にフェラチオを強要し、十分あまり押さえ込んであわや窒息させそうになった。女が逃げないように頭を押さえつけ、しまいに蛇口からもれる水のように口から唾があふれた。ゆっくりと空港南の住宅地を通る暗い道を流しながら、肩ごしに、ヴォーンがたくましい太腿で女を押さえ込み、リアシートであやつるのを見ていた。ヴォーンは怒りと暴力を取り戻していた。射精のあと女は座席につっぷした。ヴォーンの睾丸の真下、湿ったビニールに精液が垂れるにまかせ、あえぎながらペニスについた反吐をぬぐった。散乱したバッグの中身をかき集める女に、ヴォーンのザーメンに潤された女性ドライバーの傷ついた顔が重なって見えた。シートの上に、ヴォーンの太腿に、中年娼婦の手に、七色の精液の雫が落ち、信号のリズムに合わせて赤から琥珀《こはく》へ緑へと変わっていった。高速で夜の空気を切る幾千の灯りを、街灯柱のどぎつい蛍光チューブを、空港にかかる巨大な光のコロナを反射して輝くのだ。夜空を見あげると、あたかもヴォーンの精液が風景のすべてを浸し、幾千のエンジンに、電子回路と個人の運命に点火して、我らの人生のすべてを潤しているかのようだった。

この夜はじめて、ヴォーンの自傷に気づいた。ウェスタン・アヴェニューのガソリンスタンドで、わざと自分の手を車のドアにはさみ、ホテルの駐車場で横滑り事故を起こしたフロント係の若い娘の腕の怪我をまねるのを見たのだ。拳にできたかさぶたもすぐにはがしてしまった。もう一年も前に治ったはずの膝の傷がまた口を開けていた。すり切れたジーンズごしに、血の雫が浮いてきた。赤い染みがグローブボックスの下についたラジオの取付金具にあらわれ、ドアの黒いビニールに印をつけた。空港への進入路で速度制限を無視しろ、とヴォーンにけしかけられる。交差点で鋭くブレーキを踏み込むと、わざと計器パネルに体をぶつけた。血と座席の乾いた精液とが混じり合い、ハンドルを握ると手に黒い染みがついた。顔色はこれまで以上に悪く、囚われた獣のように、落ち着きなく車の中で暴れまわった。刺激過敏の状態を見ていると、数年前のバッド・トリップからの長い回復のことが思い出された。あのときは、トリップのあと何ヵ月にもわたり、地獄の蓋が心の中で開いていたかのような、脳の粘膜が恐ろしい自動車事故にさらされたかのような気がしたものだった。

21

ヴォーンと最後に会ったのは――長かったわが神経システムへの懲罰的探検旅行のクライマックス――一週間後、オーシャン・ターミナルの中二階ラウンジでだった。今になってみると、このガラスの、飛行と可能性の館が、二人の生と死を分かつ分岐点になったのは皮肉なことに思える。クロームの椅子とテーブルのあいだを歩いてくるヴォーンの姿は、ガラスの壁でいくつにも増え、これまでになくよるべなく、自信なげに見えた。飛行案内を待つ乗客を縫って近づいてくる痩せこけたあばた面は、失われた妄想にしがみつく、くじかれた狂信者の顔だった。

バー・カウンターでわたしの横に立つ。立ち上がって迎えても、視界の染みか何かのように、こちらを無視した。いらつく手は操縦装置を求めてバー・カウンターをさまよい、拳に残る血の染みが光を反射した。その前の六日間、わたしはオフィスやアパートでじりじりしながら待っていた。窓から道路を見下ろし、彼の車が通り過ぎたと思うたびに階段を駆け降りた。新聞の芸能欄や映画業界誌をくまなく探し、ヴォーンの心にある想像の事故の要素を組み立て、今どの映画スターか政治家の後を追いかけているのか、割り出そうとした。共に過ごした数週間の結果、わたしはますます暴力的状態に追い込まれていった。そこから救ってくれるのはヴォーンただ一人なのだ。キャサリンとセックスしながらも、それのみが逸脱のテクノロジーが告げる暗号を解く鍵であると言わんばかりに、わたしはヴォーンとのソドミーを夢想していた。

ドリンクを注文してやるあいだも、ヴォーンはただ待って、滑走路の向こう、空港の西側フェンスを越えてゆく飛行機を見つめていた。その朝、ほとんど聞き取れないような細い声で電話してきて、空港で会おうと言ったのだ。ふたたびヴォーンと対面し、着古したズボンの尻と太腿の輪郭を、口のまわりや顎の下の傷跡をなぞると、わたしは強烈な、エロティックな興奮を感じた。

「ヴォーン……」

カクテルを手に押し込んだ。ヴォーンは素直にうなずいた。

「一口だけでも。何か食べるか？」

ヴォーンはカクテルに手をつけようとしなかった。目標までの距離を計算する狙撃兵のような、遠くを見る目でこちらを見た。水差しを取り、両手のあいだに波打つ液体を捧げた。カウンターの汚いグラスを満たしてむさぼるように飲むのを見て、ようやく、アシッド・ハイの第一段階なのだと気づいた。てのひらを曲げ伸ばして、指先で傷だらけの口をぬぐう。わたしはただ待っていた。ヴォーンは不安と興奮の急階段を上ってゆく。ガラスに閉じ込められた中二階で目はきょろきょろさまよい、光と動きが融け合った空中の塵芥をひろいあげていた。

車はリムジンバスの脇に二重駐車していた。ヴォーンは数歩前を、一歩一歩踏みしめ夢遊病者のように歩いた。空のあちら、こちらを見あげ——知りすぎるほど知っているあの経験——光輝く真夏の昼をまばたきするうちに鉛色の冬の夕暮れに変えてしまう、予兆に満ちた光の変容を味わっていた。リンカーンの助手席に座り、傷を見せびらかすように、肩をクッションに沈めた。イグニション・キーに手間取るのを見て、かすかに、彼を追い求めるわたしの努力を馬鹿にするような、だが己れが敗北し、支配される身になったことを受け入れるような自嘲の笑みを浮かべた。

エンジンをかけた瞬間、ヴォーンの包帯を巻いた手が太腿に触れた。肉体的接触に驚き、最初はわたしを落ちつかせようとしたのかと思った。手は口まで上がってきて、指の中に角のつぶれた銀色の立方体がおさまっていた。銀紙をはがし、舌に角砂糖を載せた。

出口のトンネルをくぐって空港を離れ、ウェスタン・アヴェニューを横断してインターチェンジへの上りランプを上がっていった。ノートルト高速に入ってから、二十分間中央レーンを走りつづけた。左右両側の車にどんどん追い越されてゆく。ヴォーンは右頬を冷たいシートにあて、腕を力なく両側にたらして寝ていた。時折手を握りしめ、無意識に手足を曲げていた。はやくもアシッドの効果を感じはじめた。てのひらが冷たく、柔らかくなってきた。今にもそこから翼が萌え出し、強まる風に乗って運び上げてくれそうだった。氷の後光が、宇宙船格納庫にできる雲のように、頭頂あたりから立ち昇った。二年前にLSDでトリップしたときは、心にトロイの木馬を運び込んでしまったような、パラノイアックな悪夢を見た。わたしを落ちつかせようと必死なキャサリンは悪意ある肉食鳥に見えた。彼女がくちばしでつついて頭蓋骨に開けた穴から、脳味噌が枕へ流れ出した。身体がしぼんでむき出しの粘膜になり、子供のように泣き叫んで、どうか捨てないでくれ、と妻の手にすがりついたのを覚えている。

対照的に、ヴォーンと共にいて、わたしはすっかりくつろいでいた。彼が愛情でわたしをつつみ、自分一人のために創られた高速道路を優しく導いてくれるように感じていた。追い越していく車も彼の前では礼儀正しかった。だが同時に、自分の周囲にあるすべてのもの、身体じゅうに広がっていくLSDの効果に、ヴォーンの皮肉な意図がこめられていることも確信していた。わが精神を満たす興奮は敵意と愛情、交換可能となった二つの感情のあいだを漂っているかのように思えた。

外環状西向き線に入った。低速レーンに入ってインターチェンジを回り、前が開くのを待って加速する。まわりの車はさらにスピードをあげて追い越していく。周囲すべての光景が変化していた。進入路のコンクリート壁は光輝く崖となって立ちふさがった。分かれてくねる車線表示線は白蛇の迷路となり、背中を車輪が踏みつけるたびに、イルカのように喜び悶えた。慈愛ふかき急降下爆撃機のように、行先標示は頭上からのしかかってきた。ハンドルの外縁に両手をあて、金色の空気の中を押し進んだ。エアポート・リムジン二台とトラックに追い抜かれたが、車輪はほとんどまわっておらず、宙に浮いた舞台背景の一部にも見えた。見まわすと、ハイウェイ上の車すべてが実は静止しており、下でまわっている地球のせいで運動の幻想が作り出されているだけなのだった。わが腕の尺骨はハンドル軸から突き出すギア・レバーとしっかり組み合わさり、車輪のほんの小さな振動も百倍にして伝えてきた。ほんのひとつまみの砂利、ひとかけらのセメント片を踏むだけで小惑星の表面を横切るようだった。ギア・ボックスの呟きが足と脊椎に反響して、頭蓋骨の一枚一枚にこだまする。まるで車のトランスミッション機構にこの身体が入って、この手がクランク・シャフトの回転を伝え、この足が車を前に進めようと回転しているように感じた。

高速道路に落ちる陽光はますます明るく、濃密な砂漠の光となった。白いコンクリートは湾曲骨だった。真夏のマカダム舗装から立ち昇る熱波のように、不安の波が車を包んだ。ヴォーンを見下ろし、神経の痙攣を止めてやろうした。追い越していく車は、今や光を浴びて白く熱せられており、金属の車体は融点すれすれまで熱くなっているはずだった。車をつなぎ止めているのはただわたしのヴィジョンの力だけであり、もし一瞬でもハンドルに注意を取られたなら、車体をひとつにまとめている金属のフィルムは焼き切れ、沸騰する鋼鉄の塊に行く手を塞がれてしまう。一方で、対向する車は冷たい光を、カーニバルに運ぶ電気の花を台車に積んでいた。対向車がスピードをあげるにつれ、わたしは追い越し車線へ吸い寄せられていった。車は正面からぶつかってくる、加速する光のメリーゴーランドだった。ラジエータ・グリルには不思議な紋章、道路表面に記され、高速走行時のみ解読できる走りゆくアルファベットが刻まれていた。

流れる車に気を配り、周囲の車を車線内にとどめおくのに疲れ、ハンドルから手を離して車に道を選ばせた。大きく優雅なカーブを描いてリンカーンは追越車線からはみ出す。コンクリートの分離帯にうなりをあげてタイヤがぶつかり、ウィンドシールドに塵煙を撒きかけた。自分の身体が疲弊し、力なくくずおれるのを感じた。目の前で、ヴォーンの手がハンドルを握った。前に身を乗り出し、片手をダッシュボードについて、中央分離帯から数センチのところで車をコントロールしていた。対向する追越車線を、正面から、トラックが突進してきた。ヴォーンはハンドルから手を離し、それに向かって手を振った。運転を替わり、リンカーンを駆って中央分離帯を越えてトラックに突っ込め、というサインだ。

乗り出してきたヴォーンの肉体に気を取られ、わたしはハンドルを取り直すと高速車線を下った。ヴォーンの身体は幾百の切り子面のゆるやかな結びつきだった。筋肉と意識はわずか数ミリメートル離れて、わたしの隣、苦悩から解放された場所に宇宙飛行士のカプセルのように浮かんでいた。車が近づき、車輪とヘッドライトが、ウィンドシールドとラジエータ・グリルが無数のメッセージをひらめかせる。だがわたしにはかけらしか捕まえられなかった。

事故のあと、はじめて家まで車に乗ったとき、アシュフォード病院を退院した日のことを思い出した。車が放つ光、高速の土手とウェスタン・アヴェニューに連なる自動車の列とが作る神経的光景は、この幻夢を予感したものだったのだ。あたかもわたしの傷口が極楽の生き物を生み出し、わが衝突とこの金属化する楽園との合一を祝福しているかのようだった。ふたたび、ヴォーンは近づく車にぶつけろ、と急《せ》いた。誘惑に抗しきれず、快楽をねだる手に逆らおうとはしなかった。リムジンバスが近づき、銀色の車体は高速の六車線すべてを光につつみ、降臨する大天使のようにのしかかる。

わたしはヴォーンの手首をつかんだ。青白い上腕に生える黒い毛、人差し指と薬指の付け根に残る傷は荒々しい美に潤されて輝いた。道路から目をあげ、ヴォーンとしっかり手を重ね合い、目を閉じて、近づいてくる車のウィンドシールドを通り抜けて注ぎ込む光の泉から逃れようとした。

天使のような生き物の軍団が、限りなく美しい光輪を背負って両側に降り、前方を払いながらそれぞれ反対方向に動いていく。地上一メートルを滑空して、見渡す限りに広がる無限の滑走路に着陸した。この道路と高速のすべては、我らの知らぬままに、彼らを迎え受けいれるために準備したものだったのだ。

こちらに身を乗り出し、ヴォーンは飛行経路を縫って車の向きを定めた。曲がるたびに、まわりでホーンとタイヤがわめき声をあげた。疲れた子供をあやす親のように、ヴォーンはハンドルをあやつった。車が斜路を降りていくあいだ、わたしはただハンドルの輪にさわっているだけだった。

跨線橋の下で、リンカーンのフロント・フェンダーをコンクリート柵にぶつけて止めた。柵は土手と元中古車置き場とを画していた。エンジンの最後のさえずりに耳を傾けてから、スイッチを切り、シートに寝た。ルーム・ミラーのスクリーンに、空から来たカーニバルへ参加しようと、高速への進入ランプを上っていく車が映っていた。車は頭上、道路から浮かびあがり、ヴォーンが何ヵ月間も見守っていた飛行機の仲間に加わっていく。遠くに浮かびあがる北環状道に目をやったが、いたるところで、この金属の生き物が、つなぎ止められていた渋滞の中から舞いあがり、陽光につつまれて昇天していった。

車室もまた魔術師の居室のように光輝き、目を動かすのに合わせてコンパートメントの灯りが明滅した。計器ダイヤルの針と数字が放つ蛍光が、肌に光輝を与えた。計器ダイヤルの甲皮、ダッシュボード・パネルの斜面、ラジオと灰皿の下台が、祭壇の背後の飾りのように身体を囲んで輝き、その図は超電子頭脳が描く儀式化した抱擁のようであった。

中古車置き場には放置された車の亀甲帯が、不変の光の中にあって、時間風が吹きすぎていくかのように刻々姿を変えた。錆びたクロームの切れ端が赤熱した空気に漏れ出し、磨きあげたワックスが駐車場をおおう光冠に滲み出した。変形した金属のとげ、三角形のガラスの破片は、この荒れ果てた草地にあって何年も読まれぬままだった記号であり、腕をまわして抱き合うわたしとヴォーンは、網膜上を通り過ぎてゆく電気嵐のただ中で解読したのだ。

妻と結びついた恐ろしい幻想を思い出しながら、ヴォーンの肩を愛撫した。だがヴォーンは、その荒々しさにもかかわらず、二人を取り囲む光彩の前にあって、優しい愛に溢れるパートナーとなった。てのひらを取り、ホーン・ボタンのメダル、ずっと気になっていたアルミのエンブレムに押し当てた。白い肌にできた圧痕をさぐって、ボンネットに横たわったレミントンの死体のてのひらを飾るホラガイ形のあざを思い出し、デパートの更衣室で着替えた妻の肌に、下着が残したピンクの溝、想像上の傷の刻印を思い出し、不具となったガブリエルの身体が持つ、刺激的な溝と割れ目を思い出した。ひとつひとつ、ヴォーンの手を計器パネルの輝くダイヤルにかざし、尖ったスイッチと、方向指示機とチェンジレバーの突き出す槍先に指を触れさせた。

最後に、彼の手をペニスに受け、睾丸にきつく握る力を感じてようやく安堵した。七色の空気の羊膜に浮かび、様式化した自動車の内装形態学から、高速道路の上空を滑空してゆく何百台もの輝くゴンドラから得た力で、わたしはヴォーンと向かい合った。抱きしめると、腕の中でヴォーンの身体は上下するようで、変化する身体をつかまえようと探ると、背中と尻の筋肉は堅く不透明になった。両手で顔を持ちあげ、磁器のようになめらかな頬を感じ、指で頬と唇の傷に触れた。ヴォーンの肌は金色の金属的うろこにおおわれ、腕と首から汗に反射した光にわたしの目は焼かれた。傷跡と生傷で化粧した醜い黄金の生き物と抱き合っている自分に気づき、一瞬ひるんだ。口を唇の傷にあわせ、ずっと見失っていたダッシュボードとウィンドシールドのかけらを、今、また舌に感じる。ヴォーンはレザー・ジャケットの前を開け、胸と下腹に記された、開いた傷口をむき出す。錯乱したドラッグ・クイーンが、失敗した性転換手術の傷口から血を流すように。頭を下げて胸につけ、血で描くつぶれたハンドル痕、計器パネルとの衝突ポイントに頬をあずけた。唇を左の鎖骨にそって走らせ、傷の残る乳首を吸い、切除された乳輪を味わった。下腹部から湿った股間へ口を下ろしていく。ペニスには血と精液がこびりつき、かすかに女の糞の臭いをまとっていた。不運な衝突が黄道となってヴォーンの股間を照らし出す。わたしは傷をひとつずつ唇でさぐり、血と尿を味わっていった。指でペニスの傷跡に触れ、それから亀頭を口にふくんだ。血が染み込んだズボンを脱がせた。むき出した尻は思春期の少年のようで、赤ん坊のように傷ひとつなかった。手足の神経が苛つき引きつって、痙攣を起こして勝手に曲がろうとする。ヴォーンの背後にかがみ込み、力ずくで太腿を引きよせた。計器ダイヤルをおおうでこぼこの鎧が、尻のあいだの暗い裂け目に君臨する。右手で尻を割り、アヌスの熱い穴に触れた。そのまま何分か、外に並ぶ事故車の歪んだかたちをまねようとして、車室の壁が輝きうつろっていくあいだ、腸の入口にペニスをあてがったままでいた。だが、ヴォーンの肛門はみずからペニスに口を開き、勝手に竿の位置を定めて、たくましい括約筋で亀頭をくわえこんだ。前後に出し入れしはじめると、高速道路を滑空してゆく身軽な自動車がわが睾丸から精液をしぼり出す。オーガズムに達してから、腸を傷つけないように手で尻を開いたまま、ゆっくりとヴォーンの身体から離れた。そして開いたまま、わたしのザーメンがアヌスから、ビニールシートの、縦に入った肋骨に垂れ落ちるのを見つめていた。

並んで座り、見渡す限りあるゆる方向から降ってくる光に洗われた。ヴォーンが眠ってしまうと、わたしは身体に手をまわし、二十メートル奥まった事故車のラジエータ・グリルから噴きあがる噴水が徐々に衰えてゆくのを見つめていた。深い安堵感が身体を浸していた。一部はヴォーンへの愛から、一部は二人が座る金属のあずまやへの優しい思いから生まれたものだった。ヴォーンは目をさましたが、まだ疲れも眠気も抜けておらず、裸の身体をわたしにあずけた。顔色は悪く、目でわたしの腕と胸の輪郭を追う。二人で傷を見せ合い、胸と手の傷跡をさらした。車内で負傷を待ち受けるクローム灰皿の尖った台に、遠くの交差点に落ちる信号の光に。二人の傷口に、わたしたちは交通死者の、路傍で見送った死にゆく者と負傷者たちの再生を、そしてやがて死ぬべき百万の姿態と想像の傷とを祝福していたのだ。

22

油に汚れたガラスを蠅が這いずり、羽を震わせていた。蠅の体は鎖になってつながり、道路を動いてゆく車とのあいだに青いベールをかけた。ワイパーを動かしたが、羽根は蝿の身体をすり抜けてしまう。ヴォーンは隣で、ズボンを膝あたりまでずり下げて寝ていた。蝿どもは血のにじむ胸に塊になって群がり、青白い腹に膿瘡《のうそう》をつくる。しなびた睾丸から横隔膜に沿った傷跡まで伸びて恥毛のエプロンとなった。ヴォーンの顔もおおい、屍体から蒸留される腐敗酒を待ちながら、口と鼻腔の上を飛びまわった。正気づいて開けた目は、座席に埋まった顔から穏やかにのぞいていた。不快だろうと顔から払いのけてやろうと手を伸ばし、ふと気づくとわたしの手も腕も、車の内装も、びっしり虫におおわれていた。

ハンドルにも計器パネルにも網膜上の昆虫どもが息づいていた。ヴォーンが手をあげるのにもかまわず、わたしはドアを開いた。ヴォーンは止めようとした。疲れきった顔を警告するようにもたげ、わたしが見てはいけないものを見ると恐れているかのように、警戒と懸念に顔を歪めた。視覚に浮くゴミを手や腕から機械的に払いのけながら、わたしは外へ踏み出した。そこは見捨てられた世界だった。ハリケーンが通り過ぎたあとにばらまかれた路面の石が靴底を切りつけた。跨線橋《こせんきょう》のコンクリート壁は消尽して灰色になり、地下墓室の入口のようだった。頭上の道路を雑然と動く車は、光の積み荷をこぼしながら、逃走するオーケストラの傷ついた楽器のように、ガタガタ鳴りながらハイウェイを走っていった。

振り向くと、コンクリート壁に当たる陽光は濃密な光の立方体をなし、まるで石の表面が白熱しているようだった。間違いなく、白い斜路はヴォーンの身体であり、わたしはその上を這いずる蝿だったのだ。発光する壁に焼かれるのではないかと恐れて、両手を頭蓋骨の蓋にあてがい、柔らかい脳味噌をしっかり押さえつけた。

突然、明かりが薄れた。ヴォーンの車は橋の陰に沈んだ。すべてがまた単調なものに戻った。空気も光も尽きてしまった。ヴォーンが力なく手を伸ばしてくるのに気づき、わたしは車から離れて道を歩き出した。崖に沿って、雑草が茂る中古車置き場の入口まで歩いた。頭上、高速を動く車はペンキもはげて色あせ、エンジンを載せた廃車であった。運転手はハンドルの前にしゃちほこばって座り、無意味な服を着せたマネキンを乗せるリムジンバスを追い越していく。

エンジンも車輪もはぎ取られた廃車が、跨線橋下の待避路に車軸むき出しで止まっていた。錆びた蝶番を引いてドアを開けた。ガラスの破片が紙吹雪になって、フロントシートに積もっていた。それから一時間、わたしはそこに座って、神経系から薬が抜けるのを待った。うつろな事故車の、泥が積もる計器パネルに這いのぼり、胸板に膝をぴったりつけて抱え、ふくらはぎと腕の筋肉をちぢめ、狂気の興奮剤を身体から最後の一滴にいたるまでしぼり尽くそうとした。

虫どもはどこかに行ってしまった。光の変化もゆるやかになり、高速上の空気ももはや騒いでいなかった。金鋸の雨も中古車置き場の放置車に吸い込まれて消えた。遠くそびえる高速道もかすんだ輪郭を取り戻した。苛つき消耗して、ドアを開けて車から踏み出した。地面に散らばったガラスのかけらは、偽金のごとくにきらめいた。

エンジンがうなり声をあげた。待避路から道路へ踏み出したとたん、ヴォーンと寝た跨線橋の陰から、黒い大型車がスピードをあげて向かってきた。ホワイトウォールのタイヤが側溝のビールびんのかけらや煙草箱を引き裂いて、狭い縁石に乗りあげつつ、こちらに突進してきた。ようやくヴォーンは本気だと悟り、わたしは待避路のコンクリート壁に張りついた。リンカーンはわたしを追ってカーブを切り、右前のフェンダーが、さっきまで座っていた廃車の、後ろのホイール・ハウジングにぶつかった。そのままスピンして、開いたままの助手席側ドアを蝶番からもぎ取ってゆく。進入路へと横滑りしてゆくと、舞い散った埃と引きちぎられた新聞紙が柱になって空中に立った。ヴォーンの血まみれの手がハンドルをあやつる。リンカーンは進入路の反対側でもう一度縁石に乗りあげた。木柵を十メートル分ぶち壊し、そこで後車輪が道路摩擦を取り戻し、車はもう一度スピンしてから傾斜路を上っていった。

わたしは廃車まで歩いて戻り、ルーフにもたれた。助手席側ドアはフロント・フェンダーにめりこみ、衝撃で変形した金属同士が溶接されてしまっていた。ヴォーンの傷のこと、同じように無造作に突発的暴力のかたちに融け合った傷のことを思いながら、アシッドのぬかるみにむなしくえずいた。リンカーンが柵にぶつかったとき、ヴォーンは振り返り、冷徹な目で二度目のチャンスを計算していた。細く引き裂かれた新聞がわたしのまわりに渦巻をつくり、好き勝手に場所を選んで、つぶれたドア・パネルやラジエータ・フードに張りついた。

23

ガラスの飛行機が空港から飛び立っていった。うつろう空気を通して高速道路を走る車を見つめた。コンクリートの車線を滑空していく美しい自動車の記憶が、以前は鬱陶しいだけだった渋滞と車の列を、限りなく光輝く行列、目に見えない空への上昇ランプを辛抱強く待ち受ける行列に変えた。アパートのバルコニーから眼下の風景を見下ろし、わたしは天国への斜路を探した。二人の大天使が肩に支える勾配路は幅数キロにおよび、そこから世界じゅうの車が飛んでゆくのだ。

この奇妙な日々、トリップと九死に一生の経験をしてしばらくは、わたしはキャサリンと一緒に家にいた。椅子に座ったまま、手になじんだ肘かけを握りしめ、ヴォーンの印を求めて金属の平面を見下ろした。混み合ったコンクリート車線を車はのろのろと進み、ルーフの磨きあげたワックスがつながって延びる甲羅になる。ＬＳＤの残効で気味が悪いほど落ちついていた。自分の身体と切り離されていた。筋肉が骨格から数ミリメートル浮いており、二つは、ただ、トリップ中に手足を曲げた折に目覚めた、いくつかの傷口だけでつながっているようなのだ。何日ものあいだ、あの経験の断片がそのままに戻ってきて、高速道路を走る車があるいは光の鎧を身にまとい、あるいは炎の翼を生やして道路上を飛んでいった。通りを行く歩行者は光のスーツを着ていた。まるでわたし一人がマタドールの国を訪れたようだった。後ろに立つキャサリンは電気じかけの妖精、興奮した身ぶりから静かな存在でわたしを守ってくれる献身的な生き物だった。

運が悪いときには、のろくさい譫妄《せんもう》状態と吐き気をもよおすような灰色の跨線橋の風景が戻ってくる。あの湿った地下墓所の入口、車の計器パネルや、ズボンを膝までずりおろして寝るヴォーンの尻に無数の虫がたかった光景。それが再演する刹那を恐れ、肩に置かれたキャサリンの手をしっかり握り、閉じた窓のこちら側、アパートの中にいるのだ、と自分に言いきかせた。ときどき、妻に今はどの季節なのかと訊ねる。網膜の中でうつろう光は、前触れなしに季節を変えてしまうのだ。

ある朝、キャサリンはわたしを一人置いて飛行レッスンの最終教程に出かけた。高速上空を飛ぶ彼女の飛行機、太陽の力で浮くガラスのトンボを見つめる。飛行機は頭上にぶらさがって動かず、プロペラも玩具飛行機のようにゆっくりとまわった。光が尽きせぬ泉となった翼から溢れおちる。

その下では、車たちが、キャサリンのとるあらゆる飛行軌跡を平面に記すべく道路上を飛び、来《きた》るべき天国への通廊の青写真を、翼を備えたテクノロジーへの移行を示していた。ヴォーンが、甦った屍のごとくに全身を蠅でおおわれ、皮肉と愛情がない混ぜになった視線を向けてくるさまを思い描いた。ヴォーンは決して自動車事故によっては死なない。必ずやねじくれたラジエータ・グリルと、奔流となったウィンドシールドの中からもう一度生まれ変わってくるだろう。傷の残る下腹の白い肌、太腿の付け根からはじまる濃い陰毛、ねばつく臍と嫌な臭いを放つ腋下、手荒に女や車を扱うやり口、そしてわたしに対する受け身の優しさ。ペニスを肛門に差し入れたその瞬間においてすら、ヴォーンは、気まぐれな愛を示すため、わたしを殺すことを忘れなかったのだ。

キャサリンの車は寝室の下に止めてあった。左側の塗装に、軽くこすったあとがあった。

「車が——大丈夫かい」わたしは肩を抱いた。

この事故のイメージを身体に覚えておこうとするかのように、キャサリンは車に身をもたせた。飛行ジャケットを脱ぐ。二人はそれぞれにヴォーンへ愛を捧げていたのだ。

「運転してないわ。空港の駐車場にとめておいたら……」キャサリンはわたしの肘に手をさしのべた。

「わざとなのかしら？」

「きみの求婚者から？」

「わたしの求婚者からよ」

車への無意味な襲撃に脅えていたはずだが、わたしが調べるあいだは落ちついた目で見守っていた。左手のドアと車体パネルにあるすり傷をさわり、割れたテールランプからヘッドライトまで車の長さに延びる深い溝に手を走らせた。頑丈なフロント・バンパーの痕が後ろのホイール・ガードにはっきり残っている。間違いなくヴォーンのサインだった。曲がった溝に触れた。ヴォーンの締まった臀部のまるい裂け目ほどにはっきりした、今でも勃起するとペニスに感じる、アヌスの締まった括約筋ほどにきれいなかたちをした溝だ。

ヴォーンはわざわざキャサリンのあとを追いかけ、最初の求愛行動として駐車中の車にぶつけたのだろうか？　彼女の白い肌と引き締まった肉体を見ながら、跨線橋のコンクリート柱のあいだを突進してくるヴォーンの車のことを思った。シーグレイヴのように、わたしもまたアシッドに酔いながら死んでいたかもしれない。

助手席のドアを開け、キャサリンを中に招いた。

「運転させてくれ――もう光は見えない」

「手が。大丈夫なの？」

「キャサリン――すべてが終る前に、もう一度運転しなきゃならないんだ」

わたしは彼女の手を取った。裸の腕で胸を守りながら、車をのぞき込んだ。わたしが見た虫どもを探そうとするかのように。

わたしはヴォーンにキャサリンを見せてやりたかった。

エンジンをかけ、中庭から走り出した。スピードをあげるにつれ、通りの風景が身体のまわりに歪み、あたかも自ら流線型に変形して逃げ去るようだった。スーパーマーケットの近くでは、ポリエステルのコートを着た若い女性が、道路を横断しながらサクランボ色の光を放った。車の運動、姿勢と均整は、親しみも感傷もすべて排除したかのようにきわだった変化を遂げていた。周囲を取り囲む道路標識、店のウィンドウ、歩行者は車の運動によって輝いた。噴出する光の密度は運転する車の通路に支配されている。信号で隣に座るキャサリンを見つめた。片腕を窓にのせている。顔と腕の色は澄みきって豊かなかたちを示していた。血液細胞の色素粒、顔をつくる軟骨のひとつひとつが、今はじめてこの車の運動によって、正しいかたちで組み合わさったような気がした。妻の頬の肌、高速道路への指示標識、スーパーの屋上に駐車した車は、清明で際だっていた。大洪水がようやくひいて、すべてのものは月面の地形のように、解体屋が創りあげた静物タブローのように、生まれてはじめて孤立したのだ。

高速道路を南へ走った。

「車は――みんなはどこへ行ったんだろう」三つの車線に車はほとんどいなかった。

「みんな消えてしまった」

「もう帰りたいわ――ジェイムズ！」

「まだ早い――これはただのはじまりだ……」

空っぽの都市、見捨てられたテクノロジーがその道具とともにとり残された姿を思い描きながら、数日前に、ヴォーンに殺されそうになった進入ランプを下りていった。壊れた柵ごしに見えるゴミ置き場には、青白い光を浴びる放置車が並んでいた。ひびの入ったコンクリート橋台を通り過ぎ、高架橋の暗い洞窟へ、自動車の轟音を頭上に聴きながらヴォーンと抱き合ったコンクリート柱の中へ向かった。キャサリンは、空っぽの潜水艦待避所を移送したような、大聖堂に似た橋の蒼穹をじっと見あげた。わたしは車を止め、彼女の方を向いた。何も考えないで、ヴォーンと交わったときの姿勢を取った。自分の太腿と下腹を見下ろして、高く持ちあげたヴォーンの臀部を思い描き、ねばつくアヌスの感触を思い出そうとした。不思議なパラドックスのため、我々二人のセックスは一切の性を排したものとなっていた。

午後いっぱい高速道路を流した。終わりのないハイウェイ・システムには無限の性的至福の公式が含まれていた。立体交差を走り去る車を見つめる。すべての車が太陽のかけらを背負っていた。

「ヴォーンを探してるの？」とキャサリンが訊ねた。

「とも言えるかな」

「もう恐くはないのね」

「恐いのかい？」

「彼は自殺するわ」

「シーグレイヴが死んだときに、わかったよ」

キャサリンは、高架橋からウェスタン・アヴェニュー下の進入路にいるわたしたちの方へ向かって走り下りてくる車の流れを見つめていた。ヴォーンに彼女を見せてやりたかった。キャサリンの車についた長いへこみのことを考えた。ヴォーンにあれを見せつけて、もう一度キャサリンと寝るように力づけてやりたかった。

空港コンコースのガソリンスタンドで、スタンド員の娘と話しているヴェラ・シーグレイヴを見つけた。わたしはスタンドへ車をまわした。ヴェラはたくましく張り出した臀部、使い古した乳房を厚ぼったいレザー・ジャケットに包んでいた。南極探検にでも出かけるかのように。最初はこちらが誰だかわからないようだった。きついまなざしはわたしを通りこしてキャサリンの優雅な姿態に向いていた。ボディに傷を負ったスポーツカーのコックピットで足を組むポーズに、うさん臭いものを感じているようだった。

「行ってしまうのか？」車の後ろに積んだスーツケースを指さした。

「ヴォーンを探してるんだが」

何やら訊ねていたヴェラは娘に息子を搭乗させてもらうように頼んだ。まだキャサリンの方を見ながら、車に乗り込んだ。

「ごひいきの映画女優を追いかけてるわ。警察も彼を追ってる――米軍の軍人がノートルト陸橋で殺されたの」

思わずウィンドシールドに手をかけたが、ヴェラがワイパーのスイッチを入れたので、あわや手首を切り落とされそうになった。

すべてを説明するかのように言う。

「一緒に車に乗ってたの」

止めようとするよりも早くスタートし、ヴェラは出口から夕暮れの車の中に消えていった。

翌朝オフィスから、ヴォーンが空港までつけてきた、とキャサリンは電話してきた。平静な声を聴きながら、窓際まで電話を持っていった。高速をじりじり進む車を見下ろしていると、ペニスが堅くなってくる。この下のどこか、幾万という車の中、交差点でヴォーンが待ちかまえている。

「わたしを探しているのかもしれない」

「二度も見たのよ——今朝は駐車場の入口で待っていたわ」

「話をしたか」

「一言も。警察に連絡するわ」

「だめだ。しちゃいけない」

彼女と話しながら、以前と同じエロティックな白日夢に滑り込んでいった。時には、キャサリンが昼食をともにした飛行インストラクターについて細かに問いただしては、小さな色事、短い情交のディテールを聞き出したものだった。ヴォーンが人気《ひとけ》のない交差点でキャサリンを待ち受け、洗車場や迂回路を通り抜けて後を追い、濃密なエロスの合流点に近づいていくさまを思い描いた。くすんだ裏通りも、通過する二人の身体によって、このうえなく繊細に引き延ばされた求愛儀式によって照り輝く。

求愛行動が行われているあいだ、アパートにじっとしていることはできず、車に乗って空港に向かった。空港に隣り合ったパーキング・タワーの屋上で、ヴォーンが出てくるのを待ち受けた。


思った通り、ウェスタン・アヴェニューと跨線橋が合流する箇所でヴォーンはキャサリンを待っていた。身を隠そうとはせず、ぶっきらぼうに車の流れに割り込んでくる。明らかにキャサリンにもわたしにも興味はなさそうで、窓にもたれてほとんどハンドルを握ったまま眠っており、信号が変わると前にすり出してくる。左手でハンドルのへりを叩き、細かな振動で道に記された点字を読みとろうとするかのようだった。心に描かれた砂紋にしたがい、リンカーンを前後に動かしている。憂い顔は強張って堅い仮面となり、傷を持つ頬は口をきつく締めた。車線の出入りをくりかえし、追越車線で前方に出ては、キャサリンの横に並ぶと今度は後ろにまわり、あいだに他の車を入れておいて、低速レーンに位置を定めて見張るのだ。彼はキャサリンの運転を、整った肩ともたげた顎を、やたらと踏むブレーキをまねはじめた。調和して動いてゆく二つのブレーキ・ライトは、長の年月をともにした夫婦の会話のようだった。

わたしはその後ろで、前の車に片端からパッシングをかけながら走った。陸橋の上りランプに近づく。キャサリンが斜面にかかったところで数台並んだタンクローリーの後ろになり、スピードを落とさざるを得なくなると、ヴォーンは鋭くアクセルを踏んで交差点を左に折れた。わたしはヴォーンの後を追い、高架脚が見下ろすロータリーや交差点をくねっていった。空港からの車が入ってくるあたりで、何ヵ所か信号をすっ飛ばした。頭上のどこかでキャサリンは高架を走っている。

ヴォーンは夕暮れの渋滞の中に割り込み、ぎりぎりの瞬間にブレーキを踏み、スピードをゆるめずに右車輪だけで片輪走行してロータリーをまわった。百メートル後ろをわたしはまっすぐ下りランプをめざして走っていた。ヴォーンは交差点で止まり、タンクローリーが轟音をあげて通り過ぎるのを待つ。キャサリンの小さなスポーツカーがあらわれると前へ滑り出した。

ヴォーンがキャサリンにぶつけると思いながら、後を追って車をまわした。ヴォーンの車は衝突針路に乗って車線表示線をまたぎ出た。だが、最後の瞬間にヴォーンは車を引き戻し、後続車の流れにもぐり込んだ。北行きの車道にまぎれて消える。キャサリンを必死で追いながら向けた目に最後に映ったのは、ぼこぼこのフロント・フェンダーと、我が物顔のトラック運転手に向けて点滅させるひびの入ったヘッドライトだった。

半時間後、アパートの地下ガレージで、わたしはキャサリンのスポーツカーに記されたヴォーンの車の刻印、死のリハーサル・マークをさわっていた。

ヴォーンとキャサリンの合一に向けたリハーサルは、その後数日間つづいた。二度、ヴェラ・シーグレイヴがヴォーンを見かけたかと電話してきたが、わたしはアパートから出ていないと言い張った。警察が、彼女のアパートにある暗室からヴォーンの写真と機材を押収していったという。驚いたことにいまだに行方をつきとめられずにいるらしかった。

キャサリンは、ヴォーンの追跡のことは一言も口にしなかった。わたしたちは皮肉な沈黙を守っていた。それは二人でパーティに出かけ、どちらかがあからさまに他人を口説きはじめたときに示すのと同じ態度、洗練された愛情だった。彼女はヴォーンの真の動機を知っていたのだろうか？　この時点ではわたしも気づいていなかったが、キャサリンは単なるスタンド・インであり、もうひとつの、ずっと重要な死のリハーサルに利用されただけだったのだ。

来る日も来る日もヴォーンは高速道路や空港の周囲でキャサリンを追いつづけた。時には車寄せに隣り合う袋小路で待ちかまえ、あるいは幽霊のように高架橋の追越レーンにあらわれた。傷んだ車は左タイヤのスプリングがかしいでいた。さまざまな交差点で彼女を待ち受け、さまざまな事故の可能性を測るヴォーンを見ていた。正面衝突、横腹への突っ込み、追突、横転。こうして、最初は抵抗していた論理を必至のものとして受け入れてゆくにつれ、自分の娘が燃えたつ情事の第一段階に入ってゆくのを見ているかのように、幸福感が高まっていった。

しばしば、高架からの西下りランプ脇の土手、草地になった崖に立ち、夕方のラッシュ時に通りかかるキャサリンに突進するヴォーンを見つめた。ここはヴォーンが一番好む場所だった。

ヴォーンの車の傷みはますますひどくなってきた。右のフェンダーとドアには衝突箇所が深く刻み込まれ、錆びた透かし彫りはますます白くなって、まるで骨を削り出しているように見えた。ノートルト高速道の渋滞で後ろにつけたとき、リア・ウィンドウ二枚にひびが入っているのがわかった。

ダメージはさらに増えていった。ボディ・パネルは右リアのホイール・ハウジングではずれ、フロント・バンパーはシャーシからぶらさがり、コーナーをまわるときには錆ついた腹面を地面にこすった。

汚れたウィンドシールドに身を隠し、ヴォーンはハンドルにかがみ込んでいた。虐待児童の自傷のように、車のへこみも傷も意識せずに走りつづける。

ヴォーンが本気でキャサリンの車と衝突するつもりなのかどうかわからないままだったので、彼女には警告せずじまいだった。キャサリンの死は、あらゆる飛行機事故や自然災害による犠牲者たちへの思いのモデルとなるだろう。夜、キャサリンの隣に寝て、手で乳房をかたどり、リンカーン車内のあちこちと接触するその身体を思い描き、ヴォーンのために彼女がとるだろう姿勢をリハーサルしてやった。来《きた》るべき衝突事故を感じとり、キャサリンは忘我の世界に入っていった。受け身な彼女の手足をあやつり、未踏の性行為の姿勢を取らせた。

ある夜、キャサリンが眠りについたころ、眼下の誰もいない通りにでこぼこの車があらわれた。下の通りがまるで静かなため、町全体に人がいないように思えた。夜明け前の短い凪、飛行機がまったく飛ばないとき、聞こえてくるのはヴォーンの車のキッキング・ノイズばかりだった。台所の窓から、破れた三角窓にもたれるヴォーンの顔、明るい色の革ひものように額に残るみみずばれが目立つ灰色の顔を認めた。一瞬、彼が毎日、空港から離陸するところを眺めていた飛行機がすべて去ってしまったのかと思った。最後にキャサリンとわたしが去れば、彼は完全にひとりぼっちになり、遺棄された車で空っぽの町を荒らしまわるのだろう。

キャサリンを起こすべきかどうか迷いつつ、半時間待ってから、服をはおって表に出た。ヴォーンの車は並木の根元に停めてあった。朝焼けに、埃をかぶった塗装は寒々と光った。シートはオイルとすすで汚れ、後部座席には、脂ぎった枕にすりきれたタータンの毛布が敷いてあった。フロアに散らばった割れた空きビンと空き缶の量からして、数日間車の中で暮らしていたらしかった。突発的な怒りにかられて計器パネルを殴りつけたらしく、ダイヤルとビナクルの上端がいくつか割れていた。室内灯のスイッチの上ではプラスチックが割れ、クローム片が突き出していた。

キーは差したままだった。ヴォーンが木の陰に隠れているのではないか、と通りの左右を見まわした。車のまわりを一周し、はずれているボディ・パネルを手で押し込む。いじくっているうちに、右前輪の空気がゆっくり抜けて、地面につぶれた。

いつのまにかキャサリンが降りてきてわたしを見ていた。二人、晴れ上がる光の中を、エントランスまで歩いて戻る。砂利をまたいだところで、ガレージでエンジン音がした。輝く銀色の車が斜路を走りあがってきた。すぐに自分の車だとわかった。キャサリンは悲鳴をあげ、足をもつれさせた。が、わたしが手を伸ばすよりも早く、車は大きくカーブして我々をよけ、滑りやすい砂利に突っ込んで道路まで礫を弾き飛ばした。夜明けの空を、エンジンが苦痛の叫びをあげて引き裂いていった。

24

そして二度とヴォーンに会うことはなかった。十日後、長く追いつづけていたかの映画女優を乗せたリムジンに、わたしの車で衝突しようとして、彼は高架橋で死んだ。車に閉じ込められたまま高架橋のガードレールを飛び越え、リムジンバスとの衝突の衝撃で身体があまりにひどく変形してしまったので、警察は当初、死んだのはわたしだと思っていた。シェパートンのスタジオから家に向かっていたちょうどそのとき、警察からキャサリンに電話があった。アパートの前庭に入ったところ、彼女はうつろに、錆びついたヴォーンのリンカーンのまわりを歩いていた。腕を取ると、わたしの顔を通り越して頭上の暗い枝に目をやった。間違いなくその刹那、キャサリンはわたしのことを、死を慰めるためにやってきたヴォーンと取り違えていたのだ。

キャサリンの車で高架橋へ向かった。ラジオでは映画女優の危機一髪の脱出を伝えていた。ガレージから車を盗み出して以来、ヴォーンはまったく音信不通だった。わたしはますます強く、彼は自分の夢想と強迫観念が生み出した投影物であり、ようやくに、それを捨て去ることができたのだ、と信じるようになっていた。

その間、リンカーンは並木道に放置されていた。ヴォーンが消えたとたん、車は速やかに分解しはじめた。秋の落葉がルーフやボンネットに積もり、割れた窓から車室にもぐり込んでゆくと、車のタイヤも沈んでいった。放置されているため、はずれかけたボディ・パネルやフェンダーが通行人の悪意を呼び込んだ。若者たちはウィンドシールドを叩き割り、ヘッドライトを蹴りとばしていった。

橋の下の事故現場に着いた。匿名で自分自身の死に立ち会ったかのようだった。ここからほど遠からぬところで、わたしはヴォーンが死んだのと同じ型の車で事故にあったのだ。すさまじい渋滞が高架橋を塞いでいたので、ガソリンスタンドに車を置いて、八百メートル先で回転している事故標識まで歩いていった。見渡す限りどこまでも広がるすばらしい夕焼けが、立ち往生する車のルーフを照らし出す。わたしたちはみな夜の大海への船出を待っているのだ。頭上、旅客機がこの大量移住の進捗状況を見守る監視機のように動いてゆく。

ウィンドシールドごしにカーラジオの周波数を合わせる車の乗客たちが見えた。その顔すべてに見覚えがあった。この夏のあいだ出席しつづけた、終わりなき一連のロード・パーティの最終回に集まった客たちなのだ。

陸橋の下、事故現場には少なくとも五百人もの人が、映画女優が間一髪死を免れたというニュースに誘われて、欄干や路縁に集まっていた。この中のいったい何人がわかっているのだろう、女優はすでに死んでおり、事故犠牲者の神殿にその座を占めているのだということを？ 橋の下りランプには、弧を描いて高くなる欄干に野次馬が何重にも群がり、ウェスタン・アヴェニューとの合流点に止まったパトカーや救急車を見おろしていた。ひしゃげたリムジンバスのルーフが、その頭上に突き出している。

キャサリンの腕を取り、この交差点でヴォーンが試みたまねごとの事故を思い出した。ぎらつくアーク灯を浴びて、わたしの車はバスの隣にあった。タイヤはふくらんでいたが、それ以外の部分は内からも外からも、あらゆる方向からぶつけられて判別不能だった。ヴォーンはあらん限りのスピードを出して高架橋に突っ込み、そのままそこから飛び立とうとしたのだ。

バスの二階からようやく最後の乗客が運び出されたが、観客の目は人間の犠牲者ではなく、舞台の中心にあるいびつな車の方に吸いつけられていた。その中に自分自身の未来の生を見ているのだろうか？ 映画女優はひとり運転手の隣に立ち、片手を首に、危うく逃れた死から身を守ろうとするかのように掲げていた。警官と救急隊員、集まった見物人たちはパトカーと救急車のあいだに寄り集まり、注意深く女優を遠巻きに空間を作っていた。

パトカーのルーフで光る回転灯は、さらなる通行者を事故現場へいざなった。運動場の向こう、ノートルト高層住宅から、ウェスタン・アヴェニューの終夜スーパーから、高架を通過する車の列から。下からアーク灯を浴びて、高架橋は周囲数キロにそびえ立つ前舞台となっていた。人気《ひとけ》のない路地や歩行者道、静かな空港のコンコースを越えて、観客たちはこの巨大な舞台をめざし、ヴォーンの死の論理と美しさに魅かれてやってくるのだ。

最後の夜、キャサリンとわたしは車の残骸が置いてある警察の保管所へ行った。詰め所にいた警官から門の鍵を借りた。鋭い目をした若者は、アパート前の通りからヴォーンの車を運ぶ作業の監督として、すでに見た顔だった。間違いなく、彼は、ヴォーンが映画女優のリムジンとの衝突を何ヵ月も前から計画し、その材料を、盗んだ車や盗撮したカーセックスの写真から集めていたと知っていたはずだ。

差し押さえられ、そのまま遺棄された車のあいだを歩いていった。保管所は暗く、明かりはわずかにへこんだクロームに反射する街灯ばかりだった。リンカーンのリアシートに座り、キャサリンと短く儀式的な愛を交わした。腰の上にのせた尻をきつくつかむと、短く痙攣して、ヴァギナがわずかに精液を吐き出した。ひざまずかせて、外陰部からこぼれ落ちるザーメンを三に受けた。

それから、手にザーメンを捧げ持ち、車のあいだを歩いていった。ヘッドライトのビームが膝の上をよぎった。詰め所にオープンのスポーツカーがとまっていた。女が二人座って、闇の中を透かし見ている。運転者は車をまわしていって、しまいにヘッドライトが、ヴォーンが死んだ車の、ばらばらに分解された残骸を照らし出した。

助手席の女は車から踏み出し、門の脇まで歩いて、ふと立ち止まった。キャサリンが身繕いを済ますあいだ、陰から女を見ていた。ヘレン・レミントン博士だった。ガブリエルがハンドルの前に座っていた。最後に残ったヴォーンのかけらを一目見るために二人がここへ来るのは、至極当然のことに思われた。女医と不具の愛人がヴォーンの強迫観念によって記憶される駐車場や高速道路をめぐり、優しい抱擁によって祝福を与えるさまを思い描いた。ヘレン・レミントンの倒錯がさらに進み、ガブリエルの傷跡と負傷に喜びを見いだすまでになったのは喜ばしいことだった。

肩にヘレンの手をもらったガブリエルが車をバックさせ、二人は消えた。キャサリンと二人で車のあいだを歩きまわった。まだ手に精液が残っていた。破れたウィンドシールドやパッセンジャー・ウィンドウから手を突っ込んで、油じみた計器パネルやビナクルに、傷ついた車内でももっともひどく歪んでいる箇所を選んで、ザーメンで印をつけていった。自分の車の前で止まった。コンパートメントの残骸は、ヴォーンの血と粘液で滑らかだった。ペイント・ガンで血をスプレーしたかのように、計器パネルは真っ黒な体組織におおわれていた。捧げ持ったザーメンをつぶれた操縦装置と計器パネルに記し、最後にヴォーンという存在のかたちを座席上に定めた。臀部の刻印はひずんだシートの折り目に浮いてさまようようだった。ザーメンを座席に広げ、そして鋭くとがったハンドル・シャフトに、変形した計器パネルから突き出す血まみれの槍に記した。
　キャサリンとわたしは一歩引き、闇の中に雫がかすかに光を放って、わたしたちの心をめぐる新しい黄道宮の第一の星座となるのを見守った。キャサリンの腕を腰に巻いて遺棄車のあいだを歩き、その指を腹筋に押しつけた。もうわかっている。わたしは自分自身の衝突要素を設計しはじめたのだ。

　車は切れ目なく高架橋を通過していった。旅客機が空港の滑走路から昇っていく。ヴォーンの精液の残滓をたずさえて、幾万の衝突車の計器パネルへ、ラジエータ・グリルへ、百万の乗客の股間へと運んでいくのだ。

訳者あとがき
『クラッシュ』する世界

アメリカ人なら誰でも、ケネディ大統領が暗殺されたときに自分がどこにいたのか答えられるという。では、一九九七年八月三十一日ならどうだろう？　この日、先のプリンセス・オブ・ウェールズ、ダイアナ元皇太子妃がパリで死亡した。ダイアナは恋人だった大富豪ドディ・アルファイドと共にパパラッチから逃げようと猛スピードで車を飛ばし、地下トンネルの壁に激突したのだ。なんとバラード的な死だろうか、と新聞を読みながらぼくは思った。そう思ったのはぼくだけでなかったらしく、さっそくバラードのところにもコメント取材が殺到したという。バラードはこれ以前に、現在の神話的存在はアメリカの映画スターなどではなくダイアナ皇太子妃だ、と述べていたのだ。あたかも〝現代の黙示者〟たるバラードが、この事故を予見していたかのように。だが、もちろんそんなことはない。事実は、この事故が起きたとき、誰もが「これはバラード的な事故だ」と思ってしまったということである。バラードは我々の現実に対する見方を変えてしまった。バラードが『クラッシュ』を書いたとき、テクノロジーと人間との関係についての視点は決定的に書き換えられてしまったのだ。それこそバラードが黙示者たる所以である。
では、バラードは何時《いつ》この預言を受け取ったのだろうか？
一九六八年に書かれ、のちに『残虐行為展覧会』に収められた「衝突！」という短篇がある。フェイクの科学実験報告書のかたちで書かれた作品の中では、被験者たちはもっともふさわしい事故犠牲者を選ばされ（「七五パーセントがJ・F・ケネディ、十五パーセントがジェイムズ・ディーン、九パーセントがジェイン・マンスフィールド、一パーセントがアルベルト・カミュ」）また最適の自動車事故を案出するよう求められる。「車の衝突が破壊的というよりは豊《ほう》饒《じょう》な体験であると見なされているのは明らかである――それは、性と機械のリビドーからの解放であり、他のいかなる形態においても不可能な性的激しさをもって死んだ人びとの性意識を伝達しているのだ」（法水金太郎訳）
これこそ『クラッシュ』のひな形である。本書の中でヴォーンがシーグレイヴらに受けさせるテストの原型はここにある。六〇年代のバラードは、隠者のイメージからはほど遠い活発な社交家だった。昼間は子育てと執筆のためシェパートンにこもっていたが、夜になると車を飛ばしてロンドンの友人たちに会いに出かけていた。マイケル・ムアコックの元で革命的変身を遂げつつあったNew Worldsや前衛的文芸誌Ambitに集うアーティストや詩人たちとの交流は、バラードの作風を大きく変化させた。バラードは現代生活におけるテクノロジーの意味を再考し、『残虐行為展覧会』にまとめられた濃縮小説《コンデンスト・ノベル》という新たな叙述形式を見いだした。

それは文学ではなく科学的記述、実験報告書や研究論文の文体に見いだした詩であった。当時のバラードに大きな影響を与えたのが *Crash Injuries : The Integrated Medical Aspects of Automobile Injuries and Deaths*（Jacob Kulowski, 1960）なる医学書である。さまざまな自動車事故とその人体に与える損傷を豊富な写真とともに解説した大部の研究書で、「転回事故における顔面損傷を、五二年型ビュイックと五五年型ビュイックとのあいだで比較する――これこそ究極の一冊だ」バラードは事故写真を猟奇的にではなく「技術者が飛行機の尾翼のひずみ変形にアプローチするように」見なければならないのだと言う。それは人間存在に対するまったく新しい見方を提供することになる。バラードはその視点を実地に検証すべきだと考えはじめた。研究論文として小説を書こうとするバラードにとっては当然の帰結と言えるだろう。

一九六八年五月、バラードはAmbitの寄稿者である彫刻家エドゥアルド・パオロッツィとともに、ＩＣＡ（Instiues of Contemporary Art）でCrashと題する演劇を製作することにした。舞台には本物の事故車が置かれ、ジャンプスーツを着た運転手は血糊をつけて呻《うめ》く。衝突実験のフィルムが映写され、バラードが書いたナレーションが朗読される中で、女性が傷ついた恋人を愛撫するだろう。バラードによれば、この演劇は「自動車事故が性的リビドーを解き放つ」ことを示すものだった。残念ながら演劇は計画だけで終わった。バラードの構想が実現するのは一九七〇年のことである。一九七〇年四月、バラードはNew Arts Labで

Crashed Carsなる展覧会を催《もよお》した。バラードは三台の事故車（ポンティアック、オースチンA60、ミニ・クーパー）を廃車置き場から調達し、会場に並べた。オープニング・ナイトには百人を超える客が集まり、トップレスの女性がお客にインタビューする様子が会場内のテレビで流された。お客はすぐに泥酔し、事故車に対して乱暴狼藉《らんぼうろうぜき》をはたらいた。トップレスの女性はポンティアックの後部座席でレイプされかけたという。「このすべては観客を挑発するための計画だった。全体が心理学的実験だったのだ——自動車事故にまつわる潜在的な、隠された心理、深層心理についてわたしがいだいていた直観が正しいかどうかを知るための」オープニング・パーティの乱痴気騒ぎはバラードに、その直観はまちがっていないと教えたのである。

だが、バラードは『クラッシュ』に取りかかる前に、もう一度だけリハーサルをやった。

一九七二年二月、BBC2でCrash!というテレビ番組が放映された。ディレクターはハーリー・コクリスというアメリカから来た若者である。バラード本人が出演し、『残虐行為展覧会』中の「夏の人喰い人種たち」を元にしたテキストを朗読した。共演者はB級女優ガブリエル・ドレイク。日本ではもっぱら『謎の円盤UFO』のエリス中尉役として知られている。紫色の髪に銀色のボディスーツという姿で思春期の少年たちの心を妖しく騒がせた女優である。自動車事故の性的可能性を探るにはうってつけのパートナーと言えよう。バラードはドレイクとともに車を運転し、高層駐車場をそぞろ歩く。あるいはドレイクのボディパーツと自動車のパーツ接写が重ね合わされる。これはまさしく『クラッシュ』のドレス・リハーサルである。

バラードはガブリエル・ドレイクの良き思い出に捧げるため、『クラッシュ』に登場する下肢装具をつけたソーシャルワーカーにガブリエルの名を与えた。

バラードは「『クラッシュ』の究極の役割は警告にある」と書く。だが、もちろん「テクノロジカル・ランドスケープの辺境から、ますます強まりつつある声で呼びかけるこの野蛮な、エロティックな、光輝く領域」の呼び声をいちばん強く聞いているのはバラードその人である。『クラッシュ』はバラードの長篇としてははじめて一人称で書かれた。なぜかと問われてもバラードははっきりした答えを返さなかったが、一方で、「『クラッシュ』がそれまで書いた小説の中でいちばん自伝に近い」ことは認めている。バラードは妻メアリーを一九六四年に病気で亡くしている。小説中に登場する「キャサリン・バラード」のモデルになっているのは当時の（そして現在まで続く）ガールフレンド、クレア・チャーチルである（ちなみにバラードはキャラクターの名前を「クレア・バラード」とすることも考えたが、クレア本人が嫌がったので「キャサリン」にしたのだという）。バラードはクレアを写真モデルに使ったコラージュの偽広告をAmbitに掲載している。

ではヴォーンは、交通事故の預言者は誰なのだろう？　彼にも実在のモデルは存在するのだろうか？　バラードの周辺を探ってもそれらしき人物は存在しない。たぶんバラードの語る言葉を素直に信じるべきなのだろう。「わたしはますます強く、ヴォーンは自分の夢想と強迫観念が生み出した投影物である、と信じるようになっていた」

バラードは夢想によって現実をねじ曲げ、我々の現実理解を書き換える。読者にとってもそうなら、バラード本人にとってはなおさらだろう。ヴォーンという存在を生み出しただけでは『クラッシュ』効果は終わらなかった。『クラッシュ』脱稿の二週間後、いつものようにロンドンで遊んだあと、シェパートンの自宅へ帰ろうと車を飛ばしていたとき、チズウィック陸橋のたもとで突然タイヤがパンクした。バラードが運転していた英国製フォードはひっくりかえって中央分離帯を飛び越え、対向車線に飛び出した。奇跡的に対向車は来なかった。車は大破したものの、バラードは（シートベルトのおかげで）「頭痛がしただけだった」という。人生は芸術を模倣する。バラードの妄想はついに現実世界のかたちすら変えてしまった。我々が住んでいるのは、今その世界なのである。

本書は *Crash*, J. G. Ballard, 1973 の全訳である。翻訳は一九九二年にペヨトル工房から出版されているが、文庫化に当たって訳文には全面的に手を入れた。書かれてから三十年以上経とうとも、本書の持つ力はいささかも揺るぎない。一九九六年、デヴィッド・クローネンバーグによる映画化によって、小説はあらたな力を得た。それは現代の神話になったのである。二〇世紀に書かれたもっとも重要な小説の一冊である『クラッシュ』は、次の世紀においてもなおも変わらぬ光を放っている。

本書は一九九二年にペヨトル工房より単行本として刊行された。

訳者紹介 翻訳家，映画評論家。1963年，大阪府生まれ。東京大学工学部卒。主な訳書はゲイマン『ネバーウェア』，ラファティ『地球礁』『宇宙舟歌』，ウルフ『ケルベロス第五の首』『デス博士その他の物語』（共訳），『J・G・バラード短編全集』（全5巻，監修）など。

検印
廃止

クラッシュ

2008年3月28日　初版
2020年12月18日　3版

著者　J・G・バラード
訳者　柳《やな》下《した》毅《き》一《いち》郎《ろう》

発行所（株）東京創元社
代表者　渋谷健太郎

162-0814/東京都新宿区新小川町1-5
電話　03・3268・8231-営業部
　　　03・3268・8204-編集部
URL http://www.tsogen.co.jp
振替　00160—9—1565
精興社・本間製本

乱丁・落丁本は，ご面倒ですが小社までご送付ください。送料小社負担にてお取替えいたします。

ISBN978-4-488-62912-0　C0197

水没した都市の遍歴

THE DROWNED WORLD◆J. G. Ballard

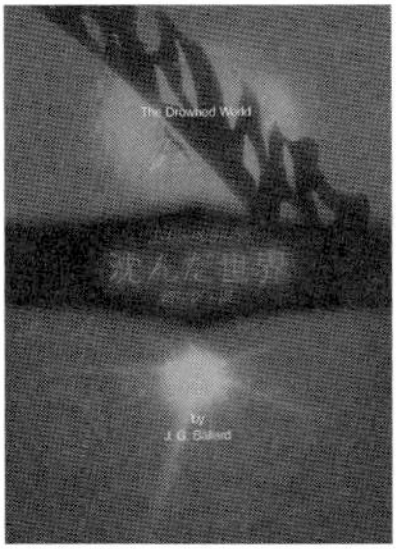

沈んだ世界

J・G・バラード
峰岸 久 訳
創元SF文庫

◆

世界は溺れていた。
20世紀に繁栄を誇った世界の主要都市は、
ほとんどが水の底へ沈んでいた。
6、70年前から起こった
一連の地球物理学上の変動により、
地球は高温多湿の水浸しの世界となっていた。
国連調査部隊イギリス隊に加わった生物学者ケランズは、
激変した動植物の形態を調べながら
水没した都市を遍歴していく。
英国ニュー・ウェーブ運動を代表する
旗手が描きあげた傑作。

超高級住宅地で32人が惨殺された

RUNNINNG WILD◆J. G. Ballard

殺す

J・G・バラード
山田順子 訳
創元SF文庫

◆

6月の土曜日の朝、
ロンドンの超高級住宅地で住人32人が惨殺された。
高い塀と監視カメラに守られた住宅地で、
殺されたのはすべて大人。
そして13人の子どもたちは何の手がかりも残さず、
全員どこかへ消えていた。
誘拐されたのか？　犯人はどこに？
2カ月後、内務省に事件の分析を命じられた
ドクター・グレヴィルは現場を訪れるうちに
ある結論に到達する。
鬼才が描く現代の寓話。